竜の卵を食べた彼女は普通の人間に戻りたい

エルネスト
リナレス王国の王子で、
トップレベルの魔導士。
デルフィーナを利用しようとする
貴族の手から守るべく、
彼女を保護する。
デルフィーナ
リナレス王国の田舎で
キノコハンターとして働く少女。
ひょんなことから、竜一体分の魔力と
最強の体を手に入れたせいで、
王城のトラブルに巻き込まれてしまう。
なんとかして元の体に
戻りたいのだが、前途多難で――
ウルシュラ
エルネストと契約している魔獣。
本来の姿は大きな狼だが、
愛くるしい仔犬の姿にもなれる。
竜の卵を食べる前の
デルフィーナ
登場人物紹介
CHARACTERS

イーズレイル
変態的な発言が多いが、
優秀な魔導士。
魔導の研究のためには、
どんな犠牲もお構いなしで――
ファーディナンド
リナレス王国の王太子。
優秀なエルネストを嫌っている。
ダグラス
エルネストが預かる
平民部隊の副隊長。
強面《こわもて》で口が悪いものの、
根は優しい。
ドラゴン
上位の魔獣である
ドラゴンで、人の姿に
なることができる。
遭難していた
デルフィーナに、よかれと
思って卵をあげたの
だけど……
クレイグ
エルネストの住まう離宮の家令。
元諜報部員で、
優秀な魔導士でもある。

第一章　春告げキノコは、美味《おい》しいです

ある春の日の早朝、デルフィーナ・スウェンは自宅の裏山へキノコ狩りに出かけた。

彼女は、癖《くせ》のある栗色の髪に灰色の瞳を持つ、十八歳の娘だ。

ことキノコ狩りにおいて、この地域で彼女の右に出る者はいない。

彼女にとって、生まれ育ったこの山は、自分の庭のようなものだった。足取りも軽やかに、迷いなく奥へ進んでいく。

（ふ……ふふふのふ。ほかの食べ物はどうだか知らないけど、キノコ狩りに関しては、地元民以上に有利な人間はいないんだよね！　この間山に入ったときに、たくさん見つけた小さいキノコ、そろそろ採《と》り頃に育ってるだろうなぁ。楽しみー！）

ここは、リナレス王国の王都から少し離れたところにある、自然の恵み豊かな山だ。その山間《さんかん》の小さな村が、彼女の故郷。デルフィーナはそこで、両親と三歳年上の兄とともに暮らしていた。

兄妹《きょうだい》揃って独身だが、田舎《いなか》の婚期は総じて早めだ。スウェン一家が暮らす村も、その例にもれず、女性の結婚適齢期は十五歳から十九歳。二十歳を過ぎれば、立派な行き遅れと言われてしまう。

よって十八歳のデルフィーナは、本来ならばそろそろ婚活に本腰を入れるべきである。

しかしデルフィーナに、結婚を焦る気持ちはまったくなかった。

なぜなら、彼女はひとりで立派に生計を立てられている上に、結婚したいと思えるほど好ましい相手がいないからだ。

炭焼き職人の父を持ち、彼の所有する山林に生えているキノコを採《と》り放題の彼女は、キノコハンターとして収入を得ている。

ここ数年、王都では空前のキノコブームが続いており、キノコが飛ぶように売れたため、デルフィーナは今やちょっとした財産持ちであった。自分ひとりの食《く》い扶持《ぶち》くらい、余裕で稼《かせ》いでいる。

そして、幼い頃から父について山歩きをするのが大好きだった彼女は、村に住む同世代の男性陣から、『山猿』だの『野性児』だのとからかわれていた。

最近、デルフィーナのキノコ富豪ぶりに目をつけて求婚してくる男もいたが、金目当てなのがあからさますぎて、うんざりするだけだ。甲斐性なしが口にする薄っぺらな求婚の言葉など、バカバカしくてまともに取り合う気にもなれない。

結局のところ、結婚というものになんの魅力《みりょく》も感じていない彼女は、日々キノコハンターの仕事に励《はげ》んでいる。

そんな彼女の今日のお目当ては、山で暮らす人々から『春告げキノコ』と呼ばれるキノコである。ミルク煮にすると素晴らしく美味《おい》しいデルフィーナの大好物で、ちょうど今頃が狩りのシーズンだ。

デルフィーナはわくわくしながら、慣れた山道を進んでいく。やがて自宅から三十分ほど歩いた頃、彼女の前に『春告げキノコ』の群生地が現れた。

（宝の山、見ーつっけたー！）

彼女は心の中で歓喜の叫び声を上げ、いそいそとキノコを採《と》りはじめる。

――ほんの数時間で、彼女が背負っている籠《かご》は『春告げキノコ』でいっぱいになった。

空を見上げると、太陽がだいぶ高くなっている。

今日、家に残っているのは母だけだ。出がけに、昼までに戻ると言ってある。母は、デルフィーナが持って帰る採《と》れたてのキノコを楽しみにしているのだ。あまり遅くなっては、申し訳ない。

今から戻れば、昼食の支度に間に合う時間に帰れるだろう。

デルフィーナはほくほくした気分で籠《かご》を背負いなおすと、帰路についた。

もう少しで自宅の屋根が見える、という辺りまで山を下りてきたとき、デルフィーナは見知らぬ男性に気づいて足を止めた。

（……ん？）

この辺りで村人と遭遇するのは、別段珍しくない。

しかし、彼女の視線の先――もう少し進めば崖《がけ》があるという場所に佇《たたず》んでいるのは、この場にまったくふさわしくない男性であった。

近隣では見かけない、華やかな赤い髪。すらりとした長身に、長い手足。細身ながらも、弱々しさをまったく感じさせない体つきをしている。

彼が身につけている服は、遠目にも仕立てのよさが見て取れる、上質なものだ。この辺りではお目にかかれない、シンプルでスタイリッシュなデザインである。

こういった服を着ている人間は、王都では珍しくないのかもしれないけれど、この田舎《いなか》の山中ではものすごく違和感があった。

もしかして貴族だろうか。

だが、この国では、貴族はその証《あかし》である剣を常に携《たずさ》えているものなのに、彼は帯剣していない。

とはいえ、その立ち姿は凛《りん》としていて品があった。高貴な身分の御仁《ごじん》であることは、間違いなさそうだ。

しかし、デルフィーナが相手の身分以上に気になったのは、彼の頭に包帯がぐるぐると巻かれていたことだ。しかもその包帯で、男性の両目は完全に隠されている。

どんな事情があるのか知らないが、この山は盲目の人間がひとりで歩けるほど安全な場所ではない。今の季節だと、冬ごもり明けの熊と鉢合わせしてしまう可能性だってある。

彼の連れは、一体どこで何をしているのだろうか。どこかで用を足しているにしても、目の見えない人間をこんなところに放置するとは、不用心にもほどがある。

彼女は、相手を驚かさないよう、できるだけ朗《ほが》らかな声で呼びかけた。

「あのー、そこの方。何か、お困りですか？」

「……お？」

デルフィーナの呼びかけに、男性は気の抜けた声をもらして、ゆっくりと振り返る。

——包帯のせいで顔つきはわからないが、結構若そうな男性だ。おそらく、彼女とそう違わない年頃だろう。多く見積もっても、二十五、六歳。若ければ、二十歳前後といったところか。

（あ。ひょっとして、かなりお金持ちな貴族さまなのかな？）

青年の額《ひたい》にあるサークレットに気がつき、デルフィーナはそう見当をつける。

細かな紋様《もんよう》が彫《ほ》り込まれた幅広のそれは、使いこまれた品らしく、少し黒ずんだ鈍《にぶ》い銀色。その中心に飾られている丸い宝玉《ほうぎょく》は、見事な漆黒《しっこく》の輝きを放《はな》っている。これだけで一財産になりそうなシロモノだ。

キレイだなーと感心しながら、デルフィーナはにこりと笑いかけた。

たとえ目が見えない相手でも、初対面の挨拶《あいさつ》をするときに笑顔を向けるのは、人としての基本である。

「こんにちは。わたしは、この近所に住む者なのですが……。もしかして道に迷ったのですか？よかったら、下の村までご案内しますよ。お連れの方は、どちらでしょう？」

「あ……いや。連れは、いねぇ。ひとりだ」

なんと、とデルフィーナは目を丸くした。

目の見えない人間が、ひとりでこんな山の中へやってくるとは――もしや、自殺願望でもあるのだろうか。この先の崖から身投げをするのは、死体を引き上げるのが大変なので、勘弁していただきたい。

一瞬、そんなことを考えてしまったが、それにしては青年の物腰はひどく落ち着いている。そういった物騒なお話ではなさそうだ。

とはいえ、現状彼の身が危ないことに変わりはない。デルフィーナは顔をしかめる。

「ひとりだなんて、危険すぎます。ご家族が心配していますよ」

「……心配？　なんでだ？」

不思議そうに問い返してくる青年に、デルフィーナはあきれた。

「目が見えないあなたが、こんなところへひとりでのこのこやってきたら、みなさん心配するに決まっているでしょう」

そう言うと、青年は一拍置いてうなずいた。

「なるほど。それなら、大丈夫だ。オレは、目が見えないわけじゃねぇからな。おまえのことも、ちゃんと見えているぞ」

「へ？」

きょとんとした彼女に、青年は額《ひたい》のサークレットを親指で示しながら続ける。

「こいつは、視界補助用魔導具なんだ。この黒水晶を媒介《ばいかい》にして、周囲の様子が見られるようになってる」

「はぁ……それは、すごいですねぇ」

魔導具というのは、魔力を孕《はら》んだ石――魔導石を使って作られた、不思議な力を発揮する便利な道具だ。一般家庭では、照明や暖房などの機能を持つ魔導具が使われている。

たしかに、裕福な人々が所有する魔導具の中には、びっくりするほど高度な技術が込められているものがあるらしい、と聞いたことがある。

しかしまさか、人間の目の代わりをしてくれるものがあるとは――一体、どれほど高価なシロモノなのだろう。想像するだけで、ちょっと恐ろしくなる。

それはともかく、青年のサークレットについている黒水晶が、彼の瞳代わりということらしい。

デルフィーナは、黒水晶を見つめて笑いかけた。他人様《ひとさま》と相対《あいたい》するときは、きちんと目を見て話すべし、だ。

「お節介を言ったようで、すみません。昨日、少し雨が降りましたから、足元にお気をつけて。それでは」

ささやかなアドバイスを別れの挨拶《あいさつ》代わりにして、デルフィーナは家に向かおうとした。

そんな彼女に、青年がふと思いついたように口を開く。

「すまん。ひとつ、聞きたいんだが――」

「はい。なんですか？」

デルフィーナは、振り返って青年を見上げる。彼は、それまでと変わらない様子で彼女に尋ねた。

「最近この辺りで、魔獣が人間を襲ったという話を聞いたことがあるか？」

「……そんなことが起こったら、とんでもない騒ぎになっていると思います」

魔獣。それは、魔導を操《あやつ》る獣《けもの》のことである。

人間の中でも、魔導を扱える魔導士になれるのは、ほんの一握《ひとにぎ》りの者たちだけ。持って生まれた魔力の保有量が大きく、その魔力を操る素質――魔力適性が高い者のみが、魔導士となる教育を受けられるのだ。彼らは己《おのれ》の体内や、この世界に満ちる魔力を導いて収束し、ひとつの術として顕現《けんげん》させる。

魔獣は、魔導士と同じかそれ以上に高度な魔導を操《あやつ》る、知性とプライドが非常に高い生き物であるらしい。彼らは人間と関わり合うことを厭《いと》い、己《おのれ》の世界で生きているという。

そんな魔獣たちが、人間を襲うなんてことがあるのだろうか。

不思議に思って首をかしげたデルフィーナに、青年はほっと息をつく。

「そうか。なら、いい」

彼はどこか安心した様子だが、デルフィーナは逆に不安になった。

多くの種が空を駆ける術を持つ魔獣たちにとって、一夜で一国を駆け抜けるというのは、さほど難しいことではない。

もし人間を襲う魔獣が本当に存在するのなら――この大陸のどこにも、安心して暮らせる場所などないということだ。

「いいえ、あんまりよくないです。まさかどこかで魔獣が人間を襲ったんですか？」

デルフィーナが問いかけると、青年は軽く首をかしげた。

「襲ったというか、暴走した」

「は？」

目を丸くした彼女に、青年は淡々とした口調で言う。

「なんの前触れもなく人里に現れ、物騒な魔導を無軌道にぶちかます魔獣が、今のところ国内で八体確認されている。出没ポイントはてんでバラバラで、規則性がねぇ。事前に対処したくても、なんの手がかりも掴《つか》めていない状態だ。ただ、魔獣の巣は、この山みたいな魔力に満ちた山や森の中にあることが多いからな。警戒がてら、様子を見に来たんだが……どうやら、今のところここに危険はなさそうだ」

デルフィーナは、思い切り顔を引きつらせた。

「うちの山が魔力に満ちているなんて、聞いたことありませんけど……」

「そうか？　おまえが首にぶら下げている魔導石の原石は、ここらで拾ったものじゃないのか？」

意外そうに問いかけられ、デルフィーナは勢いよく自分の胸元を見下ろす。

そこには、彼女が子どもの頃にこの山で拾った、きらきら輝く透明な石があった。あんまりきれいだったので、革ひもでくくり、オリジナルの首飾りにしたのだ。

ほかにも似たような石をいくつか拾って、机の引き出しにしまってある。

デルフィーナは、おそるおそる青年に問うた。

「あの……これって、魔導石の原石だったんですか？」

「そうだ。なんだ、知らずにぶら下げてたのか。よく今まで襲われなかったな。人も魔獣も喉《のど》から手が出るほど欲しがるシロモノだぞ」

感心したように言われたが、嬉しくもなんともない。

魔導石の原石は、豊かな自然の中で、そこに満ちる魔力が結晶化したものだ。人々から、魔導具の素体となる貴重な資源として扱われている。

一方、魔獣たちにとって、魔導石の原石は大変魅力《みりょく》的なエサであるらしい。そのため、力の強い魔獣の巣は、魔導石の鉱脈のそばにあることが多いという。

デルフィーナは、無言で首飾りを服の下にしまった。

今まで山歩きをする際に必ずお守りとして持っていたものだが、これからはつけるのをやめておこう、と決める。

「参考までにお尋ねしたいのですが……この首飾りって、出すところに出したら、結構なお値段がついたりするのでしょうか？」

青年は、少し考えるようにしてから答える。

「その純度と大きさなら、オレなら最低でも金貨百枚は出す」

「きんか、ひゃくまい」

デルフィーナは呆然と繰り返す。

彼の言うことが本当なら、デルフィーナが今までキノコ狩りで稼《かせ》いだ金など、はした金に思えるほどの大金だ。金貨が百枚あれば、一家四人が二年は遊んで暮らせる。

デルフィーナは、しみじみとため息をついた。

「あなたがいい人で、本当によかったです……」

もしこの青年が悪人だったら、今頃首飾りを強奪された上、口封じに殺されていただろう。

彼女の言葉を聞いた青年が、ぼそりとつぶやく。

「そんなこと、はじめて言われた」

「そうですか？　あなたは、いい人だと思いますけど。高貴な身分の方なのでしょうに、平民の小娘相手に威張《いば》り散らすでもなく、普通にお話ししてくれていますし」

少しの間、なんとも微妙な間《ま》があった。

それから青年は、意外そうな声で言う。

「おまえ、女だったのか。ずいぶん声が高いとは思ったが、声変わり前の少年《ガキ》かと思った」

（なんだと、コイツ）

相手の言いようにカチンとしたが、デルフィーナはふと自分の格好を見直す。

彼女は今、山歩きのために男物の服を着ている。日焼け対策の大きな帽子に加え、野良《のら》仕事用の手袋もしていた。

腰まである癖《くせ》っ毛《け》は、編みこんで帽子の中にしまっているので、きっと短髪に見えるだろう。常日頃から山歩きをしているため、顔はよく日焼けしている上、そばかすまである。

……客観的に見て、今の彼女は完全なる山男スタイルだった。

たしかに、少年に見えてもおかしくないかもしれない。

そう考えて、デルフィーナが相手の言葉に腹を立てたことを反省していると、青年がじっと顔を向けてきた。

「悪い。まさかこんな険《けわ》しい山の中で、若い女がひとりでキノコ狩りをしているとは、思わなかったんだ」

（はぅっ）

言われてみれば、その通り。

春の山は、幼い子どもを連れた野生動物が闊歩《かっぽ》しているため、結構危険なのだ。そんな中、ひとりでキノコ狩りをする若い娘など、デルフィーナくらいのものである。

彼が勘違いをするのも、まったくもって仕方がないことだった。

青年は、それまでと変わらない、淡々とした口調で言う。

「おまえこそ、ひとりで危なくないのか。家まで送るか?」

「いいい、いえいえいえ、ご親切にどうも! ありがとうございます! でも、本当にすぐそこですので、大丈夫です!」

やはり彼は、高貴な身分の御仁《ごじん》のようだ。デルフィーナが女だとわかった途端、きっちり紳士対応を繰り出してきた。

心臓に悪いが、ちょっと嬉しい。デリカシーに欠けたところのある村の若い男たちに、少しは見習っていただきたいものだ。

デルフィーナは深呼吸をしてから、赤い髪の青年を見上げる。そして、これだけは確認しておかねば、と彼に問うた。

「あの……もし、うちの村に暴走した魔獣が現れたら、どうしたらいいですか?」

「現在、魔導騎士が国中を巡回している。魔獣が現れたら、そう時間がかからず救援に来るだろう。それまで、家の中でじっとしてろ。何があっても、絶対に外へ出るな」

王室に忠誠を誓う騎士の中で、高度な魔導を操《あやつ》る魔導士でもある者たちを、魔導騎士という。

彼らが国民のために王国中を巡回してくれているとは、ありがたいことである。

そして、そんな軍部情報を知っているということは、この青年は王城勤めの魔導士なのだろう。目が不自由なのに大したものだと感心しつつ、彼の額《ひたい》にある『目』を見る。

「わかりました。ご忠告、ありがとうございます」

「……あっ」

青年が、固まった。

何やら、狼狽《ろうばい》しているようだ。一体どうしたというのだろうか。

「どうかしました？」

一拍置いて、彼がうなずく。

「失敗した。住人がパニックになったらマズイから、魔獣の暴走については他言するなと言われていたのを、忘れてた」

デルフィーナは、半目になった。

どうやらこの青年は、彼女が思っていたよりうっかりさんであったようだ。デルフィーナは、つい文句を言う。

「ちょっと、どういうことですか？　みんなに危険なことを黙っておいて、実際に魔獣が襲ってきたときには、おとなしく食《く》い殺されろとでも？」

「いや。正直に言えば、対処のしようがねぇんだ。魔獣の中には、攻城《こうじょう》級魔導具レベルの力を発揮するやつらもいる。もしそういう魔獣が暴走をはじめたら、一般の民家に隠れた程度じゃ、まるで意味がねぇ」

なんだか、さらりと恐ろしいことを言われた。

攻城級《こうじょう》魔導具といえば、国家間の戦争が起こったときにしか使われないという、とても強大な力を持つ魔導具のはずだ。

各国の防御技術の粋《すい》を集めた城塞《じょうさい》を、破壊しうるもの。そんな魔導具レベルの力を持つ魔獣に、普通の人間が太刀打《たちう》ちできるはずもない。

つまり、一般市民が魔獣の暴走に遭遇したら、逃げようもなくあの世へ一直線、ということだろうか。

顔を引きつらせたデルフィーナに、青年は告げる。

「だったら、いっそのこと何も知らせないほうが、少しでも長く平穏な時間を過ごせるだろう。パニックになった連中が騒動を起こして、人的被害が出たりしても困る。――魔導士は、万能なんかじゃねぇんだ。救える命には限りがある」

「それは……そうかもしれませんけど。でもそうなると、つるっと口を滑《すべ》らせたあなたに、魔獣の暴走のことを教えられてしまったわたしは、ものすごく不運だったということになりませんか？」

じっとりと睨《にら》みつけると、青年が再び「……あっ」と声をこぼす。それから彼は、会釈《えしゃく》するように軽く頭を傾けた。

「悪い」

「謝罪が軽い！」

デルフィーナはつい、青年を怒鳴りつけてしまった。そして、がっくりとうなだれる。

（あぁ……。これからわたしは、お父さんやお母さんやお兄ちゃんに、こんな恐ろしい秘密を黙っていなければならないのかな？　イヤ、無理でしょ。人間、できることとできないことがある！）

可愛い末っ子として甘やかされて育った彼女は、今まで何か困ったことがあれば、なんでも家族に相談してきた。両親や兄に、これほど重たい隠し事をできるはずもない。

少し考え、デルフィーナは「よし」とうなずく。

次《つ》いで、キリッと表情を引き締めて、青年を見上げた。

「とりあえず、帰って家族に相談します」

「……できれば、他言無用で頼みたいんだがな。ただ、いきなり魔獣の暴走がどうのと言っても、信じてもらえないんじゃねぇか？　下手すりゃ妄言《もうげん》だと思われるぞ。家族に話すなら、説明の仕方をしっかり考えてからにしたほうがいいと思う」

「はうっ!?」

デルフィーナは、声をひっくり返した。

たしかに、いかにも身分が高そうで、高価な魔導具まで装備している青年の語ることだから、彼女は素直に信じた。

だが、その話の語り手が、しがないキノコハンターの彼女であった場合、信憑性《しんぴょうせい》は著《いちじる》しく下がるに違いない。

たとえ家族でも、デルフィーナの話をすぐに信じてくれるだろうか。

……一生懸命話せば、最終的には信じてくれるかもしれない。しかし、そこに至るまでに、ものすごく長い時間と、膨大《ぼうだい》な体力、精神力を消耗《しょうもう》しそうな気がする。

ぐぬぬぬ、と悩む彼女に、青年が言う。

「おまえに魔獣の暴走のことを話しちまったのは、オレのミスだ。家族に相談したいなら、オレが説明するぞ」

「本当ですか!?」

なんていい人なんだ、とデルフィーナは感動した。

彼女の苦悩は、彼のうっかりに一因がある。けれど、その結果に真摯《しんし》に向き合う姿勢は、ものすごく立派だ。

そもそも、魔獣が暴走しているのは、この青年のせいではない。こうしてその対処に動いてくれている彼に、しつこく文句を言うのは筋違《すじちが》いだ。

何はともあれ、家族とこの秘密を分かち合えるのなら、少しは心が軽くなる。

デルフィーナは、ほっとしながら青年を見上げた。

「ありがとうございます！　あ、わたしはデルフィーナ・スウェンといいます。家族に説明していただくお礼に、我《わ》が家自慢の『春告げキノコ』のミルクリゾットをご馳走《ちそう》させてください。一緒にうちへ来てもらえますか？」

「……『春告げキノコ』ってのは、ひょっとして、その籠《かご》に入ってるキノコか。食えんのか？」

若干《じゃっかん》、腰が引けた様子の彼に、デルフィーナは胸を張ってうなずく。

「見た目は少々アレですが、美味《おい》しいですよ！　……いえ、好みがあると思うので、無理にとは言いません。えっと、キノコは抜いて、チーズリゾットにしましょうか？」

『春告げキノコ』は、大きな傘の部分が網目状になっていて、はっきり言ってあまり可愛らしい姿ではない。味は抜群なのだが、この見た目をいやがる人間がいることは知っている。

「見た目はどうでもいい。でも、そのキノコには毒があるだろ。まぁ、死ぬようなモンじゃなさそうだが……いくら美味《うま》くても、わざわざ食うことはないんじゃねぇのか」

当たり前のように断定されて、少し驚く。

たしかに、生《なま》の『春告げキノコ』を食べると、腹痛や眩暈《めまい》といった中毒症状が起きる。

それを、およそキノコの種類に詳しいとは思えない、身分の高そうな青年が看破するとは――

そう思ったところで、ぱっとひらめく。

「あ！　ひょっとして、その視覚を補助する魔導具って、毒を見分けることもできるんですか？」

咄嗟《とっさ》の思いつきを口にしたデルフィーナに、青年が首を横に振る。

「これに、そんな機能はねぇ。ただの勘だ」

「なんと!?　それは、すごいですね！　羨《うらや》ましい！」

デルフィーナは心の底から感嘆した。

今でこそ彼女は、立派なキノコハンターとして一人前に働いている。

だが子どもの頃は、食用キノコとそれによく似た毒キノコを、しょっちゅう間違えていた。当時は両親がきちんと目を配っていてくれたから問題はなかったけれど、それらの中には、人が死んでしまうほどの猛毒を持つキノコもあったのだ。

この青年のような勘のよさが彼女にもあれば、そんな危険とは無縁でいられただろう。

非常に羨《うらや》ましく思いながら、デルフィーナはにこにこと笑って言う。

「大丈夫ですよー。このキノコの毒は、茹《ゆ》でれば消えてしまいますので！　うちのキノコは、王都でも美味《おい》しいと評判なんです。キノコが嫌いではないのでしたら、きっと気に入ってもらえると思いますよ」

「そ……そうか」

青年はあらぬ方向を向くと、「生《なま》だと毒のあるキノコを食べる方法がわかってるってことは、誰かが実験したんだろうな……」とつぶやく。

先人の献身に感謝するのは、大事なことだ。

「それでは、我《わ》が家にご案内しますね。ついてきてください」

デルフィーナは、彼の先に立って歩き出す。

そして、ふと振り返って青年に問いかけた。

「その魔導具が、どれくらいよく見えるものなのか知りませんけど、下《くだ》りの山道は大丈夫ですか？　手、繋ぎましょうか？」

山道は、登るよりも下《くだ》るほうが難しい。

青年に手を差し出すと、彼は驚いた様子で固まった。しばしの沈黙のあと、ぎこちない口調で言う。

「大丈夫……だと、思うんだが。その……そんなに、険《けわ》しい道なのか？」

「うーん、そうですね。わたしは慣れているので平気ですけど、はじめての人にはちょっと厳しいかもしれません。……念のため、手は繋いでおきましょうか！」

デルフィーナは、村の老人の手を引くのとまったく同じノリで、青年に笑いかけた。

そのまま返事を待たずに、彼の手を掴《つか》む。それは細身の体には似つかわしくないほど大きく、がっしりとして硬い。

デルフィーナは、思わずほほえんだ。

「お兄さんの手、わたしのお父さんの手と似てます」

「……そうか」

「はい。働き者の、立派な手です。わたし、こういう男の人の手、好きです」

こうして手を繋いでいると、互いの体温がじんわりと馴染《なじ》んでいく。その感じが、なんだか心地いい。子どもの頃、父と手を繋いだときのことを、思い出すからだろうか。

そんなことを考えながら歩きだしたところで、ふと大事なことに気がついた。

「あ。そういえば、お兄さんのお名前を聞いていませんでした」

「……オレは……エルネスト、だ」

微妙に歯切れ悪い答えに、デルフィーナは眉を下げた。

「ひょっとして、『お兄さん』で通したほうがよかったですか？」

彼が国民には秘密の行動をしているのなら、迂闊《うかつ》に名乗れないこともあるだろう。もしかしたら、

『エルネスト』というのは偽名なのかもしれない。

気を遣わせてしまって、申し訳ない。

しょんぼりとした彼女に、青年は首を横に振った。

「いや、大丈夫だ。ただ、その……なんだ。オレはここ数年、他人から肩書《かたがき》以外で呼ばれたことが、ほとんどなくてな。だから、なんつうかこう……普通の名乗り方が、よくわからねぇんだ」

「えぇと……なんだか、すごいですね？　じゃあ、わたしもその肩書《かたがき》で呼びましょうか？」

デルフィーナは、困惑した。

王城の軍部勤めならば、互いを肩書《かたがき》のみで呼び合うのが普通なのかもしれない。

それにしても、他人への名乗り方がよくわからないとは――彼は一体、どういう立場の人間なのだろうか。

不思議に思っていると、少しの間のあと、青年が何やらむっとした様子で口を開く。

「それは、なんかいやだ。おまえは、エルネストって呼べ」

「エルネストさま？」

許された呼び名を口にすると、青年は満足げにうなずいた。

「おう」

それから他愛のないことを話しながら、できるだけ歩きやすい場所を選んで進んでいく。

そうして見えてきた、山の中腹にぽつんと建つ一軒家が、デルフィーナが暮らすスウェン家だ。

村の集落からは少し離れているけれど、荷馬車が通れるくらいに道は整備されているため、不便はない。

そのとき、家の裏手から母が現れた。ちょうど洗濯物を干し終えたところらしく、空《から》の大きな籠《かご》を抱えている。

母は、デルフィーナと青年に気づき、驚いた顔で足を止めた。

「あらあら。デルフィーナ、お客さまを連れてきたの？」

そして、おっとりと嬉しそうな笑みを浮かべる。彼女は、手料理で客人をもてなすのが大好きなので、もうその気になっているのだろう。

デルフィーナはうなずいた。

エルネストと繋いでいた手を離し、ふたりを紹介する。

「うん。山で会った、エルネストさま。――エルネストさま、母です」

母は、山歩きで日焼けしまくっているデルフィーナと違い、色白でぽっちゃりとした可愛い女性だ。その青い瞳には、穏やかな親愛の情が浮かんでいる。

彼女は、エルネストに深々と一礼して口を開いた。

「ようこそいらっしゃいました、エルネストさま。デルフィーナの母の、クレアと申します」

エルネストが、抑揚《よくよう》の乏《とぼ》しい口調で応じる。

「エルネストだ。突然の訪問、申し訳ない。ここまで来るのにデルフィーナの世話になったが、額《ひたい》の視覚補助魔導具で周囲は見えている。目が見えないわけではないので、気遣いは不要だ」

まぁ、とクレアが目を丸くする。そして感心したようにうなずき、ふんわりとほほえんだ。

「そうなのですか。王都には、立派な魔導具があるのですねぇ」

再びエルネストに一礼し、彼女は言った。

「娘がお世話になったようで、ありがとうございます。せっかくですから、昼食を召し上がっていってくださいませ。すぐにご用意いたしますので、それまで中でおくつろぎくださいな。——デルフィーナ、エルネストさまをご案内なさい」

「はぁい。お母さん、『春告げキノコ』のリゾットにしてね。エルネストさまに、ご馳走するってお約束したんだ」

「はいはい」

母は家の扉を開け、洗面所に洗濯籠《かご》を置くと、さっそく昼食の準備をはじめる。

デルフィーナは、エルネストをダイニングテーブルに案内してから、シンクに『春告げキノコ』をいくつか置いた。

そして、玄関の外に籠《かご》を出しておく。未処理のキノコから虫が湧いてしまうことがあるからだ。家の中に置いて虫が湧いた日には、母に叱られてしまう。

そうしてエルネストのところに戻ると、彼は壁に飾ってあるレースを眺めていた。

スウェン家のダイニングには、あちこちに母の編んだレースが飾られている。特に、暖炉《だんろ》上の壁に飾られた大作は、結婚前の母が父に贈った逸品《いっぴん》だ。

デルフィーナがエルネストに冷えた果実水とおしぼりを出したところで、彼は壁を指さして言う。

「これ、すげぇな」

素直な感嘆の言葉は、嬉しいものだ。

デルフィーナは、笑ってうなずく。

「はい。母が、若い頃に作ったものなんです」

「へぇ……器用なもんだ」

そんなエルネストの様子にほっこりした気分になりながらも、なんとなく不思議に思う。

彼は、どこからどう見ても高貴な家柄の人間だ。

魔獣の暴走などという大事《おおごと》の対処に当たっている点からして、エルネストは相当国の中枢《ちゅうすう》に近いところで働いているのだろう。

しかし、今までデルフィーナが遭遇した貴族たちとは、まったく雰囲気が違っている。言葉遣いは平民のものだし、語られる言葉に高慢《こうまん》さがない。

(いわゆる、庶民派ってやつなのかなー。あ、ものすごくお金持ちっぽいし、もしかしたらお金で爵位を買った系の貴族とか？　いや、それにしては仕草が洗練されすぎているような……。果実水を飲むだけで絵になる男の人とか、別世界すぎるわー)

エルネストがグラスを傾ける様子は、まるで一幅《いっぷく》の絵画のように美しい。

そんなことを思いながら彼の向かいに座ると、母が色とりどりの春野菜を使ったサラダと『春告げキノコ』のミルクリゾットを運んできた。

食欲をそそるいい香りが、鼻腔《びこう》をくすぐる。

デルフィーナは、いたずらっぽくエルネストを見た。

「エルネストさま、食べられそうですか？」

「……おう。本当に、大丈夫になるもんなんだな」

その会話を聞きつけたクレアが、デルフィーナに不思議そうな視線を向けてくる。

「さっきね、生《なま》の『春告げキノコ』には毒があるだろう、食べられるのか、ってエルネストさまに聞かれたんだ」

「まぁ……」

目を見開いたクレアが、すまなさそうな顔でエルネストを見た。

「私たちには馴染《なじ》み深いものなのですけれど……。申し訳ありません。ご不快でしたら、すぐに違うものをお持ちします」

「いや、問題ない。毒が消えているのはわかる。美味《うま》そうなにおいだ」

そう言うエルネストに、クレアは少し迷うようにしてから、ランチョンマットに皿を置いた。そして、軽く顔をしかめてデルフィーナを睨《にら》む。

「まったく、この子は……。あなたがお約束したと言うから、エルネストさまは『春告げキノコ』を召し上がるのが平気なのかと思ってしまったではないの。いくらきちんと調理すれば問題のないものでも、元々毒のあるキノコだと知っていて、気分のいい方はいらっしゃらないでしょう」

「うぅ……。だって、『春告げキノコ』ってめちゃくちゃ美味《おい》しいじゃない。この美味《おい》しさを知らないなんて、絶対損でしょ？」

どうせなら、客人には自分たちが提供できる中で、一番美味《おい》しいものを食べていただきたいではないか。

しかし、クレアはぴしゃりと言った。

「そういう問題ではありません。いくらこちらが最上のおもてなしをしたと思っていても、それが相手に不快感を与えないとは限らないでしょう。ただの自己満足になっては、意味がないのですよ」

「……ごめんなさい」

デルフィーナはしゅんと肩を落とした。

その様子を見たエルネストが、少し慌てた様子で口を開く。

「いや、クレア殿。デルフィーナを、そう叱らないでやってくれ。彼女はちゃんと、別の提案をしてくれた。その上で、オレのほうからそのキノコを食べることに問題はないと言っていたんだ」

「そうなのですか？」

（あぁ……っ。お母さんの目が、『この、未熟者がー！』って言ってるぅぅ……）

エルネストのフォローはありがたいが、ここは母の言う通りである。

彼が『春告げキノコ』を毒キノコだと認識していた時点で、もてなし料理の食材候補から外しておくべきだったのだ。

デルフィーナは、おそるおそるエルネストを見た。

「あの……食べるの、やめておきますか？」

「だから、大丈夫だって言ってんだろ。大体、おまえたちだって同じもんを食うんじゃねぇか」

彼はそう言うなり、リゾットをスプーンで掬《すく》い、躊躇《ちゅうちょ》なく口に運んだ。その直後、彼の体が固まった。

デルフィーナの顔から血の気が引く。彼女は椅子を蹴って立ち上がり、悲鳴を上げた。

「エルネストさまー！　ごめんなさい！　お口に合いませんでしたか⁉」

「お、お水を……！」

蒼白《そうはく》になったクレアがグラスを差し出そうとしたとき、エルネストがぼそっとつぶやく。

「美味《うま》い」

「…………ソウデスカ」

デルフィーナとクレアは、へなへなと椅子に座り込んだ。

まったく、心臓に悪いことこの上ない。

デルフィーナは自業自得だが、母には悪いことをした。あとで、心をこめて肩をもんであげよう。

どっと疲れた彼女をよそに、エルネストはひたすら無言でリゾットを食べ進めていく。どうやら、『春告げキノコ』は気に入ってもらえたらしい。

デルフィーナは、よかった、と胸を撫《な》で下ろす。

母と顔を見合わせ、ひとまず自分たちも食事をしよう、とうなずきあう。

（いや、まぁ……このキノコは、王都でもめちゃくちゃ人気が高いし。きっと、気に入ってもらえるだろうとは思ってたけどさ）

リゾットを掬《すく》って口に入れると、想像通り、濃厚な旨《うま》みと香りが広がった。

（はー……美味《おい》しいー……しあわせー……）

美味《おい》しいものを食べると、問答無用で幸せになれる。自分の母親が料理上手な女性であるという幸運に、デルフィーナは毎日感謝している。

彼女が今日の幸せに浸っていると、クレアがほっとした様子でエルネストに声をかけた。

「お気に召していただけたようで、よかったです。エルネストさま。おかわりはいかがですか？」

「……あぁ。頼む」

見れば、いつの間にかエルネストの皿が空《から》になっていた。決してがっついている雰囲気はなかったのに、なんという早業《はやわざ》だろう。

クレアがエルネストの皿を受け取り、軽い足取りで台所へ向かう。

デルフィーナは、エルネストに問う。

「無理、してないですか？」

「してねぇ。こんな美味《うま》いもの、はじめて食った」

その言いように、大袈裟《おおげさ》なと苦笑する。いくらクレアの料理が美味《おい》しくても、王都の料理人のそれとは比べようもないだろう。

しかし、エルネストは大真面目な様子で続ける。

「冷めてねぇメシってのは、美味《うま》いもんなんだな」

思いがけない微妙な言葉に、デルフィーナは返事に困ってしまう。

「……はぁ。そうですね」

高貴な身分の方の食事というのは、大勢の毒見役に回されて、本人に供されるときには冷めきっていることが多いと聞いたことがある。きっと、エルネストもそういう食事が日常的なのだろう。

なんとも、もったいない話だ。

本来、熱々を楽しむべき料理が冷めていたり、逆に冷たくあるべきものがぬるくなっていたりしては、その魅力《みりょく》は激減してしまうだろう。

デルフィーナが同情の眼差《まなざ》しを向けていると、エルネストの額《ひたい》の魔導具が、まっすぐに彼女を見た。

「おまえは、今、幸せか？」

唐突な問いかけに、デルフィーナは戸惑《とまど》う。

しかし、その問いへの答えならば、迷いようがない。

「はい。わたしは、とても恵まれていると思います」

「……そうか」

魔導具の黒水晶が、デルフィーナから逸《そ》らされる。

そしてエルネストは、どこか遠くを見ているような声でつぶやく。

「はじめて見た」

なんのことやらと思ったが――どうやら、彼は庶民の生活を実際に目の当《まあ》たりにするのは、はじめてだったようだ。温かな料理にも、本気で感動していたのかもしれない。

彼の気持ちを察するのは難しくて、デルフィーナは密かに嘆息する。

（やっぱり、目が隠れてると、相手がどんなふうに感じているのか、ちょっとわかりにくいなぁ）

目を見られないときは、そのぶん、もっときちんと相手の言葉に耳を傾けなくてはなるまい。

デルフィーナがそう反省しているうちに、エルネストは山の中で語った魔獣の話を、クレアにも簡潔にまとめて伝えた。

驚き青ざめる母に、彼は淡々とした口調で言う。

「今のところわかっているのは、『暴走した魔獣たちが、より大きな声を上げて逃げ惑《まど》う者たちを優先して襲っていたらしい』ということだけだ。だから、もし万が一魔獣の暴走に遭遇したら、できるだけ声を上げずにじっとしていてほしい」

――救援の魔導士が到着するまで、どうか生きていてくれ。そして、できることなら、この話はスウェン家の中だけで留めておいてもらえるとありがたい。

そう言い置いて、赤い髪の青年魔導士は去っていった。

第二章　知らない人からお菓子をもらってはいけません

ちょっぴりうっかりさんだが、とても親切な青年魔導士と会ってから、数日後。

キノコハンターのデルフィーナは、大変困った状況に陥《おちい》っていた。

（まさか、こんなに急に霧《きり》が出てくるなんて……。うぅっ、自分の庭みたいなもんだと豪語《ごうご》していた山で遭難するとは、情けない。デルフィーナ・スウェン、一生の不覚……！）

彼女はただ今、濃霧の中でひとり寂しく遭難中なのである。

遭難なんて、キノコハンターとして独り立ちしてから、はじめての経験だ。ものすごく、心細い。

エルネストから魔獣の暴走の話を聞いたため、しばらくキノコ狩りを控《ひか》えようと思っていたのだが、今日は訳あって山に入った。

いつも世話になっている王都の買い付け人から、質のいい『春告げキノコ』を、至急大量に仕入れたいと連絡があったのだ。

今後の付き合いを考えた場合、多少の無理をすべきか否《いな》か――

そう悩んでいたデルフィーナの背中を押したのは、父の言葉だった。

エルネストに出会った日の晩、家族揃っての夕食の席で魔獣の暴走について話すと、父は少しの間考えてから、こう言ったのだ。

『魔獣が暴走しようがしまいが、人間、いつ死ぬかなんぞわからん。だったら、死ぬときに「ああしておけばよかった」と後悔せんよう、毎日真面目にできることをやって、がんばって生きるしかないだろうよ。つまり、今までと何も変わらんってこった』

我《わ》が父ながら、実に潔《いさぎよ》い御仁《ごじん》である。

その隣で、母が『お父さん……』とウットリしながら両手を組み合わせていたのは、見なかったことにした。お互いにべた惚《ぼ》れな両親の間に漂《ただよ》う空気は、夕飯のお伴《とも》にするには甘すぎる。もういい年なのだから、少しは自重《じちょう》してほしいものだ。

何はともあれ、デルフィーナは父の言葉に素直に納得した。

魔獣の暴走云々《うんぬん》が、自分たちにはどうしようもない次元の問題である以上、騒いだところで意味はない。ただ、山で生きているからには、山で死ぬ覚悟はいつでもしておくべきである。

そう開き直ったデルフィーナは、お得意さまからの『春告げキノコ』の注文を受けることにした。

そして気合を入れ直し、意気揚々《いきようよう》とキノコ狩りに出て——今に至るのである。

山の天気は、変わりやすい。いくら幼い頃から馴染《なじ》んだ場所であっても、不意の霧《きり》や靄《もや》の発生を予想できないことはある。

(依頼されたぶんの『春告げキノコ』は、もう確保できたし……。あとは、家に帰って下処理するだけだったんだけどなぁ)

山の中で自分の居場所を見失った場合、じっと動かずに状況が好転するのを、ひたすら待つべし。

いくら濃い霧《きり》でも、ずっとここに留まるわけではない。そのうち、晴れてくれるだろう。

できるだけ体温を奪《うば》われないようにして、物陰でおとなしくしているのが最善だ。

デルフィーナは濃霧を少しでも避けようと、近くにあった大岩の陰に手探りで入りこんだ。

すると岩の奥に、思いのほかぽっかりと広い空間があった。

そこに腰を下ろすと、柔らかな腐葉土が受け止めてくれる。ありがたいことに、さほど湿っていない。

ここなら、落ち着いて体を休ませられそうだ。

ほっとしたデルフィーナは、背負っていたキノコの籠《かご》を脇に置いた。そして、ひとつ深呼吸をして、胸元に手を当てる。

シャツ越しに感じるのは、エルネストに『最低でも金貨百枚』の価値があると言われた、魔導石の原石で作ったペンダントだ。彼の話を聞いてつけるのはやめておこうと思っていたのに、つい習慣で首にかけてしまっていた。

これは、手に入れてから今までずっと、山へ入るときには必ずつけていたお守りだ。

握《にぎ》っていると、少し心が落ち着く。

ひどい濃霧に巻き込まれてしまったけれど、こうして安全な場所に来られた。この魔導石の原石は、お守りとしての役目を、きちんと果たしてくれたに違いない。

さすがは、金貨百枚。ご利益もバッチリだ。

――それから、どれほどの時間が経っただろう。

デルフィーナの腹が「きゅるぅ」と鳴った。

体感的には半日近く経過したように感じる。

実際はもっと短いのかもしれないけれど、少なくともデルフィーナが空腹を覚えるくらいの時間は、きっちり過ぎているようだ。

(うぬぅ……。今日も昼には帰るつもりだったから、何も持ってきてないや。お母さんに頼んで、お弁当を作ってもらえばよかった。たしか、今日のお父さんのお弁当は、豚肉の香草焼きに、キノコとジャガイモのオムレツだったはず。パンには、白身魚のフライが挟んであったなー。……ヤバい。想像したら、よけいにお腹が減ってきた)

腹が減ると、しみじみと切ない気分になるものだ。

早く家に帰って、母の手料理を食べたい。

そう思いながら、デルフィーナがため息をついたときである。

「……なんじゃや。先客か」

突然、やたらと麗《うるわ》しい女性の声が聞こえてきた。

「ひょわぁ!?」

デルフィーナは飛び上がりそうなほど驚く。心臓が、ばくばくと音を立てている。

顔を引きつらせて振り向くと、そこにいたのは――エルネスト以上に山の景色との違和感がすさまじい女性であった。

(え……えぇ……とぉ……?)

咄嗟《とっさ》に、どんな反応をしたらいいのか迷ってしまう。

何しろそこにいたのは、まったくもって非の打ちどころのない、素晴らしい美貌《びぼう》の持ち主だったのである。年齢は、二十代の半ばほどだろうか。

デルフィーナは今までの人生の中で、こんなに美しい生き物を見たことがなかった。

ちなみに、今まで彼女が見た中でのナンバーワンは、村長が大切に飼っていた鑑賞用のニワトリである。羽根が色とりどりに輝き、生きた宝石のようだと思ったものだ。

しかし、今デルフィーナの目の前にいる超絶美女は、あの色鮮《いろあざ》やかなニワトリよりも遥かに美しい。

艶《つや》やかな黒髪に、澄《す》み切った緑の瞳。肌は透《す》き通るように真っ白で、すべてが完璧に整った顔のパーツが、やはり完璧な配置で小さな顔の中に納まっている。

女性としてはかなりの長身で、おまけに彼女の体つきときたら、『これぞ、究極の女性美でございますね！』と拍手したくなるほど、見事な曲線を描いている。

まったくもって、実に眼福《がんぷく》な美女なのだが――

（……この超絶美人さん、こんなゴージャスなドレスで、どうやって山の中まで来たんだろう）

彼女が身につけているのは、白絹《しらぎぬ》と思《おぼ》しき古風なロングドレス。山登りには、まったく向いていないシロモノだ。

大きく開いたドレスの襟元《えりもと》からは、豊かな胸の谷間がのぞいている。そんなに無防備に太陽に晒《さら》して、せっかくの美しい肌が日焼けしてしまわないか心配だ。

なんにせよ、こんな服装で山奥に来るなんて、普通の人間ではありえない。

いったい何者なのだろうと頭をひねり、デルフィーナはひとつの可能性を思いつく。彼女は、おそるおそる美女に尋ねた。

「あの……ひょっとして、魔獣と契約している魔導士さまですか？」

腕のいい魔導士の中には、魔獣を盟友とし、互いに助力を約束する契約を交わす者がいるらしい。

そして、魔獣の多くは、空を自由に駆けると聞く。

もしこの美女が魔獣と契約している魔導士で、彼女が契約した魔獣の力で空を飛んでこの山に来たのなら、これほど場違いな出《い》で立《た》ちにも、ギリギリ納得できる。

美女は、にこりとほほえんだ。

「まぁ、そのようなものだ。おまえは、この辺りに住む人の子か？」

その言葉に、デルフィーナは眉を下げる。

(ありゃー。子ども扱いされてしまった)

初対面の相手に勘違いをされたのは、エルネストの少年扱いに続いて二人目だ。

……今までそんなふうに思ったことはなかったけれど、もしや自分は童顔なのだろうか。

デルフィーナが己《おのれ》の容姿について不安を抱《いだ》いたとき、彼女の胃が再び「きゅるぅうー……」と空腹を訴《うった》えた。

美女が、目を丸くする。

デルフィーナは恥ずかしさのあまりうつむき、自分の腹部をぺちぺちと叩いた。

顔を赤くした彼女に、美女が鈴を転《ころ》がすような声で笑いながら言う。

「おまえのような幼子《おさなご》が、腹を空《す》かせているものではない。ふむ、そうだな……これならどうだ」

美女がそう言いながら、何かを取り出した。

それは、バターの香りが立ち上《のぼ》る、美味《おい》しそうな焼き菓子だった。手のひらサイズで、平たい楕《だ》円《えん》形をしたその焼き菓子の表面は、こんがりときつね色に焼けている。

見たことがないものだが、いかにも焼き立てという様子で、ものすごく美味《おい》しそうだ。

デルフィーナは、あやうくよだれを垂らしそうになり、慌てて呑み込む。

そんな彼女をほほえましげに見て、美女は「ほれ」と焼き菓子を差し出してきた。

「食べるがよい。おかしなものは入っておらん。これを食べれば元気溌剌《はつらつ》、大陸中を歩き回れるほど精がつくぞ。怪我や病気なぞとは無縁となるし、百人力どころか千人力じゃ。子どものうちは、たんと栄養を取らねばならんからの」

……なんだか、ものすごく幼い子どもを相手にしているような口上《こうじょう》である。

デルフィーナは、歯切れ悪く答える。

「あのぅ……お気持ちはありがたいのですが、わたしは小さな子どもではないのです」

「む？　そうなのか？　……だがまぁ、おまえが腹を減らしていることには、変わりなかろう。遠慮するでない。こうして会ったのも、何かの縁じゃ。礼をよこせなどと、セコいことを言うつもりはないぞ」

美女は、えっへんとふんぞり返る。彼女の豊かな胸部が、もいんと揺れた。

実にけしからん光景である。羨《うらや》ましい。それはともかく――

（まぁ……うん。なんかヘンな人だけど、悪い人じゃなさそうだよね。お腹減ったたし、このお菓子はめちゃくちゃ美味《おい》しそうだし。……よし、ここは超絶美女さまのご厚意《こうい》に甘えることにしよう）

デルフィーナは、よいせと立ち上がった。

なんだか、焼き菓子の甘い香りだけでなく、ほのかに花のようないい香りがする。美女というのは、においまで麗《うるわ》しいらしい。

感心しながら、デルフィーナは礼を言う。

「ありがとうございます。実を言うと、とてもお腹が減っていたので、嬉しいです」

「うむ。礼儀正しいおなごじゃな」

子ども扱いをされたが、少なくとも性別は間違えられていなかったらしい。

ほっとしつつ、デルフィーナは焼き菓子を受け取った。

焼き菓子は見た目通り、ほかほかと温かい。どうやったらこんな焼き立ての状態で保管できるのか皆目《かいもく》見当がつかないが、凄腕《すごうで》の魔導士はこんな芸当ができるものなのか。

デルフィーナは、心から感嘆しながら焼き菓子にかぶりつく。

（……何これ、美味《おい》しい！）

それは、デルフィーナの語彙《ごい》では言い表せないほど美味だった。

ほどよい甘さの中にほんのり感じる、バターの塩気。表面のカラメル部分はとてもパリッとしているのに、中心部分は濃厚なカスタードが入っていて、なめらかにとろける。プディングともタルトとも違う、極上の食感だ。

食べ終えてしまうのがもったいない――と思いながら、デルフィーナは名残惜《なごりお》しく最後の一口を呑み込む。

そして、改めて美女を見上げた。

「ご馳走《ちそう》さまでした。とっても美味《おい》しかったです！」

「ふむ。口に合ったようで、何よりじゃ」

何やら安心した様子の美女に、デルフィーナは言う。

「こんなに美味《おい》しいお菓子を食べたのは、はじめてです。びっくりしちゃいました。これは、なんというお菓子なのですか？」

「そうか、そうか。これは、我が三日前に産んだ無精卵だ。人の子に食べやすいよう、魔導で菓子の形にしてみたのだが、思いのほか上手くいったようだの」

美女は満足げにうなずく。

一方、デルフィーナは固まった。聞いたばかりの言葉を、脳内で何度も繰り返す。

そして、たっぷりその言葉の意味を考えた後、真顔になってすちゃっと片手を挙《あ》げる。

「あの、すみません。今、無精卵とおっしゃいましたか？」

「うむ。今回の繁殖期で、我に勝てるオスはいなかったのでな。子を産むのは次の機会ということで、無精卵だけ産んだのだ」

――繁殖期。

人間に繁殖期は存在しないし、人間が卵を産むこともない。

つまりこの美女は、人間ではないということか。

それでは、彼女は一体何者なのか——という問題になるわけだが、繁殖期があるのは、獣《けもの》である。

獣《けもの》が人間の姿を取るというのは、その獣《けもの》が魔導を使えるということだ。

そして、ハイレベルな魔導を操《あやつ》る獣《けもの》といえば、魔獣と相場が決まっている。

だらだらと冷や汗を垂らすデルフィーナをよそに、美女は朗《ほが》らかな口調で言う。

「孵化《ふか》することのない無精卵とはいえ、ただ腐らせるのは惜《お》しいと思っておったところだったのだ。何しろ、新たな竜《ドラゴン》一体ぶんの核となりうる魔力が詰まっておるからな。そなたの血肉となるなら、悪くない」

「ド……ッ」

はく、とどうにか呼吸をしたデルフィーナは、掠《かす》れた声で美女に尋ねた。

「あなたはドラゴン、なんですか……？」

「あぁ、そうだ」

魔獣の中でも、完全な人型になれる上位種族のひとつが、ドラゴンだ。

先ほどデルフィーナが美味《おい》しくいただいたのは、そのドラゴンの卵だったらしい。

(うっぎゃあぁあああー！　これは、さすがに受け止めきれないやつぅーっっ!!)

——デルフィーナは、生まれてはじめて『気絶できるもんなら、今すぐしたい』と思った。

謎の美女改めドラゴンの化身《けしん》が、今にも卒倒しそうなデルフィーナを不思議そうに見る。

デルフィーナは、ひとまず地面に腰を下ろした。

偉大なるドラゴンの化身《けしん》を前に失礼極まりないかもしれないが、一度小さくなって現実逃避をしたかったのである。

（あー……。うー……。うん。ドラゴンの卵ね。美味《おい》しかったな。ええ、美味《おい》しかったよ。なんたって、ドラゴン一体ぶんの魔力がてんこもりだったらしいからね。いや、ドラゴンの魔力が美味《おい》しいのかどうかなんて、知らないけどさ）

ドラゴンの角《つの》や爪、鱗《うろこ》といったパーツは、最高級魔導具の素材として、目玉の飛び出るような高値で取引されていると聞いたことがある。

卵となれば、要はドラゴンの丸ごと全部だ。もし市場に出したら、一体どれほどの値段がつくのだろう。

彼女の思考がうっかり俗《ぞく》な方向に転《ころ》がったところで、ドラゴンの化身《けしん》が首をかしげた。

「なんじゃ、いきなり黙り込んで。どうした？　見たところ、どこにも不具合はなさそうだが……」

「……不具合があったら、どうなるんです？」

どんよりとした声で問うと、ドラゴンの化身《けしん》はあっさりと答えた。

「卵の魔力がおまえの体に合わなければ、いずれ大気を通じて自然の中に還《かえ》っていくだけだ。じゃが、おまえの体は、この辺りの大地の魔力に深く馴染《なじ》んでいたのでな。思いのほか、上手く同調したようだ」

「へ？」

デルフィーナはきょとんとする。

美女の姿をしたドラゴンは、細い指でとんとんと胸元を示してみせた。

「おまえのここに、この地の魔力結晶があろう。ずいぶん長いこと、身につけていたのではないか？　我は、この辺りの大地の主。元々この地の魔力に馴染《なじ》んでいたおかげで、おまえの体は我の卵の魔力にも、相当馴染《なじ》みやすくなっていたのだろう」

驚きのあまり声が出ないデルフィーナをよそに、ドラゴンは話を続ける。

「核——人間だと、心臓というのだったか？　おまえの心臓に、我の卵の魔力が、この短時間でかなりスムーズに定着していっておる。まだ途中だが、いずれ完全に定着すれば、それはもはやおまえ自身の魔力だ。おまえの意のままに操《あやつ》れるようになるだろうよ」

ドラゴンは話を切ると、デルフィーナをじっと見た。

そして、満足そうにひとつうなずく。

「ふむ。この調子なら、余分な魔力が抜けたあとも、人間に可能な魔導ならば大概使える程度には、残るのではないかな。よかったのぅ」

にこにこと笑いながら言うドラゴンは、心から『よかったのぅ』と思っているようだ。

だが——

（……これはひょっとして、金貨百枚のお守りが、ものすごくよけいな仕事をしてくれた感じ？）

——彼女の話によると、デルフィーナが魔導石の原石を持っていなければ、ドラゴンの卵を食べても、さほど体に影響がなかったはずだ。

デルフィーナは過去の自分の行《おこな》いを、心の底から悔やんだ。

彼女はこの山で拾った魔導石の原石を、お守りとして持ち歩いていたばかりか、自室にもたくさん置いていた。それにより、この山に満ちる魔力を、日常的に高濃度で浴び続けていたのだろう。その結果、この辺りの主だというドラゴンの魔力にも、すんなり体が馴染《なじ》んだ――ということらしい。

今さら嘆《なげ》いても仕方がないが、こんな事態はまったく望んでいなかった。

デルフィーナは、ごく平凡なキノコハンターとしての生き方に、充分満足していたのである。少なくとも、魔導士にジョブチェンジするつもりなど、まったくない。

やんごとなき方々の集《つど》う王城で働くなんて、まっぴらごめんだ。少し考えただけでも、『ムリです！』とベッドの下に潜《もぐ》りこみたくなる。

これから、ドラゴンの卵を食べた影響が、デルフィーナの体と人生にどんな影響を与えるのか、想像もつかない。

それに先ほどから、何やらものすごくイヤな予感がする。背筋がぞわぞわして、落ち着かない。

そんな彼女の様子に、ドラゴンが小首をかしげた。

「なんじゃ。どうした？」

「えぇと、なんだか……その、イヤな感じがするんです」

自分が感じているものの正体がわからず、どうにも曖昧《あいまい》な言い方になる。

ドラゴンは、少し考えるようにしてからうなずいた。

「我の卵は、言ってしまえば高純度の魔力の塊《かたまり》じゃからのぅ。人の子の体に馴染《なじ》む際には、少々違和感があるやもしれんな。……まぁ、おまえの体が受け入れきれないぶんの魔力は、いずれ抜ける。そうなれば、その違和感も落ち着こうよ」

「そ……そうなんですか？」

このイヤな感じは、どうもそういった体内的なものとは違う気がする。

だが、デルフィーナ自身がよくわかっていないため、上手く表現できない。

そんな彼女の様子に、ドラゴンは困った様子で眉を下げた。

「すまんのぅ。我も、卵を人の子に食わせたのは、はじめてなものでな。正直なところ、おまえが感じているのがどんなものか、よくわからんのだ」

「そうですか。わたしもドラゴンの卵を食べたのははじめてなので、このイヤな感じがなんなのか、さっぱりわかりません」

まったくもって、嬉しくもなんともない初体験である。

ちょっぴりやさぐれたくなったデルフィーナに、ドラゴンは「ふむ」とうなずく。

「とりあえず、あと十日もすれば余分な魔力は抜けるだろう。その後も違和感があるようであれば、人間の魔導士に相談してみるがいい」

デルフィーナは、顔をしかめてドラゴンに問う。

「今すぐ、わたしの体からあなたの卵の魔力を抜く、というのは、できないのですか？」

「おまえの心臓から、無理やり魔力を引きはがすということか。……まぁ、可能ではあろうが……」

ドラゴンが、わかりやすく言葉を濁《にご》す。

デルフィーナは、半目になって彼女を見た。

「無理やり引きはがしたら、どうなるんですか？」

「……我は、そういった繊細《せんさい》な作業が少々不得手なんじゃ」

美女がしょんぼりと肩を落とす姿は、問答無用で哀《あわ》れを誘う。

しかし、デルフィーナはそんな哀《あわ》れさをさくっと無視し、重ねて問うた。

「それで？　不器用なあなたが、わたしの心臓から無理やり魔力を引きはがした場合――その結果は、どうなるんですか？」

「我は、不器用ではない！　ただちょっとばかり、手加減が苦手なだけじゃ！」

頬を赤くしたドラゴンが、両手を握《にぎ》ってぷんすこと主張する。しかし次の瞬間、ハッと気まずそうな顔になった。

「だから……そうじゃな。不用意におまえの心臓に触れた場合、うっかりキュッと握《にぎ》りつぶしてしまうやもしれん」

「やめてください、お願いします」

デルフィーナは、真顔になった。

ドラゴンがため息をつく。

「人の子の体は、壊れやすいからのぅ……」

「ドラゴンの体と比べれば、大抵の生き物の体は、大変壊れやすいと思います」

ぜひとも、全力で取り扱いに注意していただきたい。

苦笑したドラゴンが、ひょいと肩をすくめる。

「それだけ元気であれば、問題なかろう。……ところで、おまえが胸にぶら下げている魔力結晶じゃが、ずいぶん美味《うま》そうじゃの」

そういえば、魔獣にとって魔導石の原石は、大変美味なエサであるらしい。

ドラゴンが、珍しいお菓子を見つけた子どものような、キラキラした目で見つめてくる。

デルフィーナは先ほど彼女に、美味《おい》しい焼き菓子をもらったばかりだ。その素材はどうあれ、親切にしてもらったお礼はすべきである。

デルフィーナは、襟元《えりもと》を開いてペンダントを外した。そして、それをドラゴンに差し出す。

「よかったら、どうぞ」

「おぉ、そうか！　いやいや、催促《さいそく》したようで悪いのー！」

(いやアナタ、ものすごくわかりやすく催促《さいそく》していたじゃないですか)

デルフィーナは心の中でツッコミを入れたが、自分の心臓を簡単にキュッとできるドラゴンに向かってそれを指摘する勇気はない。

それにこの魔導石の原石は、デルフィーナにとっては無用の長物《ちょうぶつ》だったものだ。たとえ金貨百枚の価値があっても、どこへ持っていけば安全に換金できるのか、わからないのだから。

こんなに喜んでもらえるのなら、いまいちご利益があるのかどうかわからないお守りにしておくよりは、美味《おい》しく食べてもらったほうがずっといい。

ドラゴンはほくほくした様子でペンダントを受け取り、嬉しそうに目の前にかざす。

「これを酒に漬ければ、さぞ美味《うま》い魔導酒ができような。——どれ、さっそく巣に戻って、準備をせねば。ふふふ、繁殖期の間は、迂闊《うかつ》に酒盛りもできんからのう……。久しぶりに仲間たちを呼んで、楽しむとするか」

……ドラゴンは、魔導石の原石を食べるのではなく、お酒に漬けて飲むらしい。いずれにしても、大変喜んでもらえたようで、何よりだ。

しかし、まさしく人外レベルの超絶美女がペンダントに頬ずりする姿は、なんだか危ないものを見たような気分になる。

デルフィーナは、そっと視線を逸《そ》らした。

ドラゴンがドレスの裾《すそ》を翻《ひるがえ》し、岩陰の向こうを見る。

つられたデルフィーナがそちらに視線を向けると、いつの間にか霧《きり》は晴れていた。

「小さき人の子よ。縁があれば、また会うこともあろう。それまで、息災《そくさい》でな」

別れの言葉にデルフィーナが返事をする前に、ドラゴンは一瞬でその場から掻き消えた。

よほど、魔導石の原石を漬けたお酒が楽しみだったのだろうか。

(小さき人の子って……。わたしは、人間の中ではわりと標準サイズなんだけど。……まぁ、あのドラゴンさんが本体バージョンの姿になったら、わたしなんて豆粒サイズか)

いろいろと衝撃的なことがあったけれど、とりあえず今は、『春告げキノコ』を早く持って帰り、下処理をしなければなるまい。

買い付け人が品物を引き取りにくるのは、明日の朝。王都の人間に、虫や汚れがついたままのキノコを納品しては、二度と取引をしてもらえなくなるかもしれない。

『春告げキノコ』の入った籠《かご》を背負いなおし、デルフィーナは岩陰から出た。

霧《きり》の晴れた世界が、眩《まぶ》しい。

それから自宅に帰った彼女は、遅い昼食を食べながら、心配して待っていた母と兄に事情を説明した。

はじめは『そんなに濃い霧《きり》が出たなんて、災難だったわねぇ』とのんびり構えていた母のクレアも、『おまえのことだから、別に心配はしてなかったけどな』と笑っていた兄のデリックも、話が進むにつれ、次第に表情を強張《こわば》らせていく。

「……それで？　ドラゴンの卵を食って、体はなんともないのか？」

デリックが心配そうに問いかけてくる。

デルフィーナはスープを呑みながら、のんきにうなずいた。

「うん。今のところ、なんともない」

「そうか。……あのな、フィー。知らない人から、お菓子をもらっちゃいけませんって、子どもの頃に教わっただろう」

デリックは、小さな頃からデルフィーナのことを『フィー』という愛称で呼ぶ。

キリッとした顔の兄に叱られ、デルフィーナはうなだれた。

その教えに従《したが》っていれば、たしかにこんな事態には陥《おちい》らなかったはずだ。

「ごめんなさい」

素直に謝罪すると、デリックは大きな手で彼女の頭をぽんぽんと叩いた。

「うむ。反省しているなら、よし。今後は、気をつけるように」

クレアが、そのふっくらした自身の頬に触れながらため息をつく。

「本当に、もう……。おまえの食《く》い意地の張っているところは、一体誰に似たのかしら」

「それは、お父さんじゃないかなぁ」

デルフィーナは生まれてこの方、父が食卓に並んだものを残したところを見たことがない。

そう伝えると、デリックも黙ってうなずいた。

そんなふたりに、母は自信に満ちた笑みを浮かべて言う。

「いやねぇ、ふたりとも。わたしが、お父さんが残すようなものを、テーブルにのせるはずがないじゃないの」

思い切り、惚気《のろけ》られた。

しかし、デルフィーナもデリックも、これしきの精神攻撃でダメージを受けるほど、やわではない。

ふたりはまったりとした笑みを浮かべ、「そうだねぇ」「そうだな」と、華麗に受け流した。

昼食を終えたデルフィーナは、食器を下げると軽く両手を組んで伸びをする。

「さて、と。それじゃあ、キノコの下処理をしちゃおうかな」

「手伝うか？　フィー」

兄の申し出に、デルフィーナはうなずく。

「ありがとー、お兄ちゃん。今回はちょっと量が多いから、手伝ってくれると助かるよ」

「おう。じゃあ、お湯を沸かして持ってくから、おまえはザルを用意しとけ」

そうしてふたりが下処理をしたキノコは、翌朝、無事に引き取られていった。自分が採《と》ってきたものを喜んで買ってもらえるのは、嬉しいものだ。

デルフィーナは今後も需要がある限り、そして自分の命がある限り、がんばってキノコハンターを続けようと決意する。

（エルネストさま。他力本願《たりきほんがん》で大変申し訳ありませんが、どうか魔獣の暴走問題を無事に解決してくださいね！）

この件に関して、一般市民の安寧《あんねい》は、魔導騎士たちの努力にかかっているのだ。

税金を払っているぶんは、ぜひともがんばっていただきたいものである。

第三章　平民殿下

リナレス王国の王都、レガラド。その中心に建つ白亜《はくあ》の王城は、建国から三代目の王の時代に完成したものだ。

上空から見ると、若干《じゃっかん》いびつな楕円《だえん》形を描く巨大な城壁が、三重に築かれている。

最も外側の城壁の内側を三の郭《かく》といい、一般市民が生活を営む場となっている。

二番目の城壁の内側は、二の郭《かく》。そこには、貴族たちの壮麗《そうれい》な屋敷が立ち並び、一般市民が足を踏み入れるには許可証が必要な地だ。

そして、最後の城壁の内側にあるのが、王族の住まいであるイシュガルド城。この城は、リナレス王国の政治の中枢《ちゅうすう》でもある。

その城内で現在、最優先に対処すべき懸案《けんあん》事項とされているのが、魔獣の暴走だ。

最近、魔獣たちが理性を失い、人間を襲い食《く》らうという恐ろしい事件が頻発《ひんぱつ》している。そんな事態は、建国以来はじめてのことである。

何も、自分が生まれた時代に、こんな天変地異じみたことが起こらなくても――というのが、魔獣の暴走対策を取り仕切っている、諜報《ちょうほう》部に所属する者たちの正直な気持ちだった。

国王命令により諜報《ちょうほう》部の指揮下に置かれ、彼らとともに魔獣の暴走対策にあたるエルネストも、彼らと同じような心境である。

(この国で、暴走する魔獣に単独で対処できるのは、オレと魔導研究所所長のイーズレイルくらいのもんだからな。しかも、イーズレイルはまったく実戦向けじゃねぇから、今のところ一番動かしやすい駒《こま》がオレっていうのは、理屈ではわかるんだが……)

エルネストは、国王の第十九子だ。しかし、母親が平民階級の出身であったため、彼の王位継承権はあってないようなものである。

だが彼は、王の血を引く子の中では、抜きん出て高い魔力保有量と魔力適性の持ち主だった。魔力に関する素質だけなら、エルネストに敵《かな》う者は大陸中を探してもそう多くないだろう。

そのうえ、魔導を使った戦闘に関して、エルネストは自他ともに認めるエキスパートだ。何しろ十歳に満たない頃から、他国との小競《こぜ》り合《あ》いが生じるたびに、最前線に投入されてきたのだ。実戦ならば、うんざりするほど経験している。

しかし、そんなエルネストにしてみても、半月ほど前から任されている魔獣の暴走対策の仕事は、かなり難儀なものであった。

こと諜報《ちょうほう》活動に関して、エルネストははっきり言って素人《しろうと》以下なのである。そんな彼にとって『魔獣が多く生息していそうな土地に赴《おもむ》いて、現地の住人から情報を仕入れてこい』という命令は、無茶ぶりもいいところだ。

体力的には大したことがなくとも、精神的にものすごく消耗《しょうもう》する。

(……疲れた)

重い疲労感に襲われながら、エルネストは自分の住処《すみか》に戻ってきた。

そこは、一の郭《かく》の北の端にある、小さな離宮。人々からは、ガリナ離宮と呼ばれている。

彼が幼い頃は、国王の側室だった母も、この離宮で暮らしていた。

だが、十三年前に母が側室を辞してから、エルネスト以外でここを訪れるのは、定期的に顔ぶれの変わる使用人たちだけだ。

数日ぶりに戻ったガリナ離宮は、最低限の調度品しかない、殺風景な場所である。母がいた頃から、この素っ気なさは変わらない。

エルネストは浴室に向かい、洗面台の前で額《ひたい》の魔導具を外す。

それから目元を隠していた包帯を解くと、鏡の中に映し出された自分の姿を無表情で見た。

――鮮《あざ》やかなコバルトブルーの右目と、漆黒《しっこく》の左目。

このオッドアイを、エルネストは心底嫌悪していた。

コバルトブルーの右目は、父親である国王譲《ゆず》り。漆黒《しっこく》の左目は、平民出身の母親から受け継いだものだ。

もし彼の両目が父と同じコバルトブルーだったなら、王家の血を尊《とうと》ぶ貴族社会で、もう少し生きやすかったかもしれない。

逆に、両目が母と同じ黒だったなら、彼女を慕う平民階級の人々から、今ほど嫌悪の眼差《まなざ》しを向けられることもなかっただろう。

不快な記憶に囚《とら》われそうになったエルネストは、冷たい水で勢いよく顔を洗った。

(母上にとっちゃ、国王は自分と婚約者の人生を台無しにした、最低最悪のクソ野郎だもんな。……片方とはいえ、その国王と同じ目をした子どもなんざ、そりゃ見たくもねぇわ)

エルネストの母、ディアドラ・フロレンティーノは、平民の生まれでありながら、王族以上の魔力適性を持っていた。

彼女の故郷は、王都から遠く離れた、西の国境沿いにある小さな村だ。

ディアドラは物心ついた頃から、まるで呼吸をするように高度な魔導を操《あやつ》り、それによる恩恵《おんけい》を周囲の人々に惜《お》しみなくもたらしていたという。

そんな彼女には、幼い頃から想い合い、将来を誓った同い年の少年がいた。

だが、ふたりが十五歳になった年に、悲劇が起こった。

リナレス王国の西部に広がる豊かな穀倉地帯を狙い、隣国が戦《いくさ》を仕掛けてきたのだ。

その結果、ディアドラの故郷は戦火に巻き込まれることになる。

彼女は、故郷を守るために魔導を駆使して戦った。パンを焼いていた炎で敵を焼き、畑を潤《うるお》していた水で敵を押し流したのだ。

愛する故郷とそこに暮らす人々を守りたい一心で、彼女は国中の魔導士の誰よりも、多くの敵を退《しりぞ》けた。

最終的に、戦《いくさ》はリナレス王国の勝利で幕を閉じる。

ディアドラはその栄光をもたらした『勝利の女神』として、王城に招かれ——そのまま国王の側室として召し上げられた。

『勝利の女神』と国民から称《たた》えられる魔導士が、王家以外の者に取り込まれ、子孫を残しては、のちの禍根《かこん》になりかねない。

そんなくだらない理由で、ディアドラは愛する婚約者と引き裂かれた。国王に純潔を奪《うば》われ、故郷で暮らす家族を人質に、『勝利の女神』として戦《いくさ》の最前線に送られ続けたのだ。

家族の命を握られては、どれほど強大な力を持つ魔導士でも、国王の命令に抗《あらが》うことなど叶わない。

——数年後、エルネストを身ごもったことがわかったとき、ディアドラは呪《のろ》いの言葉を吐いたという。

そして彼女は十三年前、側室を辞することを許された。戦場で負った傷が原因で、それまでのように戦えなくなっただけでなく、二度と子どもを望めない体になったからだ。子を産めない彼女が、ほかの貴族の陣営に取り込まれる危険はない。

結局ディアドラは、最後まで一度も我が子と言葉を交わさないまま、ひとりで離宮から出ていった。

そんな歪《ゆが》んだ出生のせいで、エルネストは身近にいる誰からも愛情を与えられなかった。

エルネストにとって自分の両目は、国王の傲慢《ごうまん》と母の不幸の象徴だ。

無関係な他者からも、常に好奇や嫌悪の眼差《まなざ》しを向けられる。

それに嫌気がさして、彼は王城の外へ出る際には、両目を隠すようになった。

彼が調整した視覚補助魔導具は、自身の目とほとんど変わらない視界を与えてくれるため、不便を感じることはない。

だから――

(デルフィーナ・スウェン、だったか。……面白い娘だったな)

先日、山で出会ったデルフィーナのことも、ちゃんと見えていた。

小柄な山男だと思っていた娘の、飾り気のない笑顔も、差し出された手の小ささも。

今まで王城の外で出会った者たちは、両目を隠したエルネストを遠巻きにした。彼が声をかければ戸惑《とまど》い、身分の高い者に対する畏怖《いふ》をもって答える。

それが、普通の反応だ。

しかしデルフィーナは、はじめから『目の見えない』エルネストに対し、まっすぐに笑顔を向けてきた。当たり前のように透明な善意を差し出して、口下手な彼に向かって『いい人』などと言ったのだ。

本当に、優しくて変わった娘だ。

面白いと思った。

くるくると表情が変わる大きな目も、心底幸せそうな顔で食事をするところも。

デルフィーナは、エルネストが今まで見たことのある女性たちとは、まるで違っていた。

そんな彼女を形作る基盤となったスウェン家。そこで彼は、『幸福』がどんな姿をしているのかを、生まれてはじめて知ったのだ。

愛情深い母親と、温かく美味《おい》しい食事。

なんの裏もなく交わされる、他愛ない家族の会話。

そんな優しいものは、物語の中にしか存在しないと思っていた。

夢のような『幸福』が、実際にこの国で育《はぐく》まれているなど、エルネストは今まで想像することもできなかったのだ。

ときどき、エルネストはわからなくなる。

なぜ、自分はここにいるのか。

周囲の人々すべてが自分を疎《うと》んじる王城で、一体何をしているのか。

エルネストの存在意義は、王の命令に従《したが》い、戦うこと。そしてこの国に、勝利と利益をもたらすことだ。

幼い頃から、ずっとそう教えられてきた。

それ以外の選択肢など、どこにもない。

そんなことはとうにわかっているのに、時折心の奥底で、どろりとした熱が揺らぐ。

目の前が薄暗くなって、息が詰まる。

ここは、自分の居場所じゃない。そんなふうに、思ってしまう。

ほかに行くべき場所など、どこにもありはしないのに——

そのとき、腕に嵌《は》めていた通信魔導具が振動した。

顔を洗ったまま思考に沈んでいたエルネストは、瞬《まばた》きをしてタオルで顔を拭く。通話を受けると、諜報《ちょうほう》部所属の若い魔導士が呼びかけてきた。

『殿下。お戻りになったばかりで、申し訳ありません。至急、諜報部《ちょうほう》までおいでください。魔導研究所所長のイーズレイルさまから、殿下にお話があるそうです』

「了解した」

短く応じて通信を切ると、エルネストはため息をつく。

カーティス・イーズレイルは、イーズレイル伯爵家の当主である。まだ三十代の若さで、国中のエリート魔導士が集まる魔導研究所のトップに立つ、希代《きたい》の天才魔導士だ。

魔力保有量こそエルネストのほうがわずかに勝《まさ》るが、イーズレイルの魔導を操《あやつ》る技術の高さは、他の追随《ついずい》を許さない。

また、イーズレイルは中性的な美貌《びぼう》の持ち主で、研究職の魔導士にありがちな、どこか浮世《うきよ》離れした雰囲気を身にまとっている。

そして、初対面のエルネストに対し『キミが、噂《うわさ》の平民殿下かぁ。ボクよりも魔力保有量が多い人間がいるなんて、驚きだよ。王族と平民の血が混ざると、そういうことになるのかな。ねぇ、一度解剖させてくれないかい？』と笑顔で言い放《はな》った、無礼極まりない変人だ。

もちろん、その要望は即座に拒否した。それ以来、エルネストはイーズレイルとの接触を、極力避けている。

（……アイツは、苦手だ）

イヤだなぁと思いながらも、名指しで呼び出されては仕方がない。

エルネストは、しぶしぶ離宮を出た。

指定された諜報部《ちょうほう》の拠点は、王城西塔の地下にある。あらゆる情報が集められるそこには、高度な防御魔導具が張り巡《めぐ》らされ、城内で最も厳重な防衛体制が敷かれていた。

それらの防御魔導具には、先へ進むことを許された者の魔力の波長が登録されている。そして、諜報部《ちょうほう》の最深部にたどり着くまでに、何度もその波長をチェックするのだ。

そんな防御魔導具が備えられた扉を、三つ抜けた先が、エルネストの目的地である。

「エルネスト・ソレス・ロキ・フロレンティーノ。入室する」

最後の扉の前でそう告げると、魔導具で制御された扉がゆっくりと開いていく。

その向こうで、魔導研究所の所長カーティス・イーズレイルが、へらへらと気の抜けた笑みを浮かべながら、エルネストを出迎えた。

「やぁ、平民殿下！　相変わらず、全然ご機嫌麗《うるわ》しくなさそうだね！　キミの表情筋、たまには仕事をさせてあげないと、そのうち固まってしまうんじゃないかい？　ボクにとっては完全に他人事だから、別にどうでもいいんだけどね！」

（……うぜぇ）

やたらとテンションが高く見えるが、これがこの男の標準仕様だ。なんとかと天才は紙一重《かみひとえ》というのは、もしかしたら本当の話なのかもしれない。

エルネストは、無言で奥の執務机のほうを見た。

疲れ切った表情で座っているのは、諜報部《ちょうほう》の長官だ。灰色の短髪をきっちりと撫《な》でつけた彼は、苦み走った壮年の男である。

彼の名前は、知らされていない。諜報部《ちょうほう》の人間の素性を、エルネストが知る必要がないからだ。

それにしても、いつになく長官のまとう雰囲気が重苦しい。

魔獣の暴走対策で忙殺されているときに、イーズレイルの鬱陶《うっとう》しいハイテンションは、さぞ応《こた》えるだろう。

長官は、机の上に肘《ひじ》をつき、両手の指を組みながら口を開いた。

「……イーズレイル殿。あなたが魔獣の暴走の件で、殿下に直接お話ししたいことがあるというから、こうして場を設《もう》けたのですぞ」

「ごめん、ごめん！　久しぶりに平民殿下に会えたもんだから、つい嬉しくなっちゃってさぁ。キミの体が、その魔力の圧にどうやって耐えているのか、見るたび不思議になるんだよね。――ねぇ、やっぱり一度、解剖させてくれないかな？」

イーズレイルの赤茶色の瞳が、しみじみと見つめてくる。

全身に鳥肌が立ったが、エルネストはどうにか我慢して口を開いた。

「断る。魔獣の暴走の件で話があるなら、さっさと言え」

「あぁ、うん。そうだ、その件が先だったね」

うんうん、とイーズレイルがうなずく。

しかし、後も先もなく、エルネストは解剖なんぞ御免《ごめん》である。やはりこの変人魔導士には、今後も極力近づかないようにしよう、と心に誓う。

エルネストが心の壁を改めて高く作り直したとき、イーズレイルが顔を上げ、再びへらりと笑った。そして、なんでもないことのように言う。

「最近発生している、魔獣の暴走ね。実はアレ、ボクがやってる実験なんだ」

「……は？」

エルネストは相手の言葉の意味を理解し損ねた。諜報部《ちょうほう》の長官も、わけがわからないという表情を浮かべる。

イーズレイルは笑みを浮かべたまま、重ねて告げる。

「だから、この国で唯一実験の邪魔になりそうな平民殿下には、しばらくの間おとなしくしていてほしくてさ。大丈夫！　キミは興味深い素材だから、殺しはしないよ。ただ、これからボクがキミにあげる魔力封じの腕輪が壊れるまで、魔力が一切使えなくなるだけだから！」

「……っ!?」

ぞわりと、全身に鳥肌が立つ。エルネストは、反射的にイーズレイルから距離を取った。

――次の瞬間、壁際に控《ひか》えていた諜報部《ちょうほう》の若い魔導士が、かすかなうめき声を上げて膝から崩れ落ちる。

彼は、先ほどエルネストに連絡してきた魔導士だ。おそらく、通信を担当している者なのだろう。エルネストに連絡してくるのは、いつも彼だった。名は知らないが、馴染《なじ》みはある。

彼の様子を横目で見たイーズレイルが、楽しげな声で言う。

「彼の体にちょっとイタズラさせてもらったんだ。一時的に、肺の動きを止めちゃった。心臓を止めたら、あっという間に死んじゃうからね」

そう言って、イーズレイルはエルネストに右手を差し出す。

「平民殿下。キミがこの腕輪を嵌《は》めてくれるなら、彼の命は助けてあげるよ」

イーズレイルの手には、どこから取り出したのか、白金の腕輪がのっていた。絡《から》み合うつる草を思わせるデザインで、その中央には巨大な魔導石が輝いている。

巨大な魔導石は、そこに組み込まれている魔導式の複雑さを誇示《こじ》しているかのようだった。

エルネストが反応するより先に、諜報《ちょうほう》部の長官が大声で叫んだ。

「イーズレイルの言うことを聞いてはなりません、殿下！」

「……ふぅん。部下の命は、いらないってこと？　まったく、ひどい上司だなぁ」

イーズレイルが揶揄《やゆ》するように言うと、長官はギリッと歯を噛《か》み締める。

「きさま……っ！　こんなことをしでかして、一体何が望みだ！」

「望み、なんて大層なものじゃないんだけどね。今まで、魔獣と契約した魔導士はいるけど、魔獣を完全に支配できた魔導士はいないだろ？　面白そうだから、ちょっと挑戦してみたくなったんだ」

イーズレイルのへらへらとした笑みが、気持ち悪い。

青ざめた長官が、声を震わせる。

「魔獣を、完全に支配……だと……？」

「うん、そう。今のところは、ボクの術がまだまだ甘いせいで、みんな大暴れしちゃってるけど……。まぁ、改善点は見えてきてるし、もう少しでどうにかなりそうなんだよね」

そこで言葉を切ると、イーズレイルはわざとらしくため息をついた。

「でも、最近キミたちがずいぶんがんばってるだろ？　そろそろボクの仕業《しわざ》だってバレそうだから、その前に厄介な平民殿下だけは、押さえておこうと思って」

ほら、とイーズレイルが腕輪を差し出してくる。そして、にこりと笑った。

まるで邪気のない、親しげな微笑だ。

「……ねぇ、平民殿下。キミがこの腕輪を嵌《は》めれば、ひとりの優秀な魔導士の命が助かる。この腕輪は、キミの魔力を吸い取り続けるものだけど、容量には限度があるからね。一か月くらいで、勝手に壊れるよ」

そう言って、イーズレイルは笑みを深める。

「だからさ、一か月だけ我慢してよ。きみにとっては、大したことじゃないだろう？」

「ふ……ざ、けるな！　そうやって殿下の魔力を封じている間に、キサマは魔獣の支配を完成させるつもりなのだろうが！」

長官の怒鳴り声に、イーズレイルは軽く眉根を寄せた。

「うるさいなぁ。ボクは、平民殿下と話してるんだよ」

「……っ、殿下！　お下がりください！　あなたの魔力が封じられては――」

「うん、うん。ボクに対抗できる可能性があるのは、平民殿下だけだもんねぇ。国としては、彼の魔力を封じられちゃ、困っちゃうよね」

イーズレイルは、大仰《おおぎょう》な仕草で両腕を広げる。

「でもさ。平民殿下にとっては、たった一か月、魔力が使えないってだけのことだろ。少し不便かもしれないけど、別に死ぬわけじゃない。人ひとりの命に比べれば、安いもんじゃないかな？」

機嫌のいい猫のように目を細め、イーズレイルは続けた。

「ホラ、平民殿下。早くしないと、そこの彼が死んじゃうよ？」

先ほど倒れた青年魔導士の顔色が、どんどん悪くなっていく。これ以上迷っていれば、彼は確実に死ぬだろう。

「……わかった」

「おやめください、殿下！」

長官の制止の声を聞きながら、エルネストはイーズレイルの腕輪を受け取った。そして、倒れたままの青年魔導士を見ながら言う。

「イーズレイル。先に、そこの魔導士を解放しろ」

「えぇー。キミが腕輪をするのが先だよ」

唇を尖《とが》らせる相手に、エルネストは淡々と告げた。

「オレは、約束は守る。だが、てめえは嘘つきだからな。信用できねぇ」

イーズレイルが、軽く目を瞠《みは》る。それから、心底楽しげに笑った。

「あっはっは！　そりゃそうだ！　ボクは、嘘つきだからね！　いいよ、平民殿下。正直者のキミに免じて、先に彼を解放してあげる」

イーズレイルは、ぱちんと指を鳴らす。

途端に、今にも息絶えそうだった青年が、大きく咳《せ》きこんだ。

ぜいぜいと肩で息をする彼を横目に、エルネストは魔力封じの腕輪を嵌《は》める。その瞬間、すさまじい脱力感と倦怠感《けんたいかん》に襲われた。

エルネストはあやうくふらつきそうになったが、辛《かろ》うじて踏みとどまる。

そんな彼を見たイーズレイルが、感心したように言う。

「すごいねぇ、平民殿下。その腕輪、攻城《こうじょう》級魔導具を三基いっぺんに使っているのと同じくらいの魔力を吸うんだよ。装備してるだけで、すっごく疲れるはずだし、倒れてもおかしくないと思うんだけど……。まったく、どんな体力してんのさ」

その言葉通り、一瞬でも気を抜けば、すぐに意識が途切れてしまいそうだ。

眉根を寄せたエルネストに、イーズレイルが優しげにほほえむ。

「愚《おろ》かな平民殿下。……ボクは、知っているよ。この王城に、キミが守りたいと思うものなんて何ひとつないってこと。キミには、生きる理由がない。だからキミは、大して迷うこともなく、その腕輪を受け取った」

エルネストは、目を見開いた。

「どうでもよかったんだろう？　何もかも。だって、ここにはキミが愛するものなどない。キミを愛する者もいない。だからキミは、そうやって簡単に自分の命を危険に晒《さら》す」

イーズレイルが嘲笑《あざわら》う。

「まったく、哀《あわ》れだね。平民殿下。魔力が使えなくなったキミを、反国王派の連中が生かしておくと思うのかい？」

「……そうだな」

たしかに、反国王派の貴族たちは、エルネストの魔力が封じられたことを知れば、ここぞとばかりに彼の命を狙ってくるだろう。

だが、それはエルネストが、本当に一切魔力を使えなくなっていれば――の話だ。

油断したイーズレイルがぺらぺらしゃべっている隙に、エルネストは常に右手の中指に嵌《は》めている指輪――魔導剣の待機形態であるそれに、意識を集中させた。いつもより少し時間がかかってしまったが、問題なく発動した魔導剣で、イーズレイルに斬《き》りかかる。

「ひょわぁ!?」

「ちっ」

一撃で片をつけるつもりだったが、さすがにそう簡単にはいかないらしい。

素《す》っ頓狂《とんきょう》な悲鳴を上げたイーズレイルの周囲に、防御シールドが自動展開している。

淡《あわ》く輝くシールドの中で、イーズレイルが声をひっくり返した。

「な……なな、なんでその腕輪をしているのに、魔力を使えるのさ!?」

「この腕輪が吸い取るのは、攻城級《こうじょう》魔導具三基ぶんの魔力、だったか？　だったら、四基同時に発動させるつもりで魔力を使えばいいだけじゃねぇか」

エルネストの言葉に、イーズレイルが酢を飲んだような顔になる。それから彼は、くわっと目をむいてわめいた。

「なんて非常識な男なんだ、キミはー！」

「てめえにだけは、言われたくねぇ」

国中を危険に晒《さら》すとわかっていながら、遊び感覚で魔獣の支配を目論《もくろ》むような輩《やから》にだけは、『非常識』などと言われたくないものだ。

エルネストは、再び魔導剣を構えた。

「死ね」

「いやだね！　あぁもう、キミみたいな魔力バカ、これ以上相手にしてらんないよ！」

イーズレイルが、苛立《いらだ》たしげに顔をしかめて指を鳴らす。

しまった、と思ったときには、すでに帰還の魔導が発動していた。

それは、前もって魔導陣を設定しておくことで、どれほど距離のある場所にでも、一瞬で転移できる魔導だ。この魔導が発動してしまえば、陣の外側にいる人間は内側にいる者に、一切手出しができなくなる。

眩《まばゆ》い魔力の光に包まれながら、イーズレイルが吐き捨てた。

「ホントに、なんでキミみたいに死んだ魚のような目をした人間が、ボク以上の魔力を持っているのかなぁ？　まったく、不条理極まりないよ」

「不条理の権化《ごんげ》が、何を言ってやがる。一度、鏡を見てから出直してこい」

エルネストの言葉に、イーズレイルがふふん、と鼻を鳴らす。

「鏡を見たって、絶世の金髪美人が映るだけじゃないか。何が不条理だというんだい？」

エルネストは魔導剣を構えたまま半歩引いた。

「てめえ、ナルシストだったのか。気色わりぃ。前言撤回だ、あっち行け。二度とオレの前にそのツラを出すな」

「お茶目《ちゃめ》な冗談に、真顔で答えないでくれるかな⁉　さすがに、ちょっと傷ついた！」

そんな喚《わめ》き声を最後に、イーズレイルの姿が消える。

エルネストは舌打ちすると、魔導剣を指輪に戻し、諜報《ちょうほう》部の長官を見た。

「魔導研究所にあるイーズレイルの部屋を調べる。人手を貸せ」

イーズレイルが帰還した先が、どこなのかはわからない。

魔導研究所の所長室に手がかりが残っている可能性は低いが、ひとまず押さえるべきだろう。あとは、生家である伯爵家にも人を送らねばなるまい。

エルネストはそう判断したが、諜報《ちょうほう》部の長官が応じるまで、少しの間《ま》があった。

「……殿下」

「なんだ」

長官が何かを言いかけ、再び黙りこむ。

一体なんだ、とエルネストは苛立《いらだ》った。早くしろと思っていると、長官が低い声で尋ねてくる。

「その、魔力封じの腕輪……お体が、つらいのではないのですか？」

「あ？　何くだらねぇことを言ってやがる。あの変態ナルシストな天才魔導士を一刻も早く捕縛《ほばく》しねぇと、国中がひっくり返ることになるぞ」

エルネストを蝕《むしば》む脱力感と倦怠感《けんたいかん》は、どんどん強くなっていた。

だがこれは、この魔力封じの腕輪を嵌《は》めると決めた、彼自身が負うべき枷《かせ》である。

今文句を言ったところで、意味はない。

「変態ナルシストな天才魔導士……」

軽く目を瞠《みは》った長官が、ぼそっと復唱した。

エルネストは顔をしかめる。

「いくら変態でも、あの野郎が天才なのは事実だろうが」

「いえ、そこはどうでもいいのです。ただ、何やら語呂がよかったものですから、つい」

なんとなく、口をついて出てしまったということだろうか。ものすごく、どうでもいい。

エルネストは、半目になって長官を見た。

「おまえ、ひょっとして不測の事態に弱いタイプか？」

魔導研究所の所長であるイーズレイルの反逆は、王城内の誰も想像していなかったことだろう。

しかし、すでに事態は起こってしまった。諜報《ちょうほう》部の長官という立場にある以上、切り替えて対処してもらわなければ困る。

長官は、エルネストをまっすぐ見て言った。

「失礼しました。しかし、体内魔力が著《いちじる》しく不安定な状態にある今の殿下を、任務につかせるわけにはいきません。万が一、あなたの魔力が暴走しては、取り返しのつかないことになる」

エルネストは黙って長官の目を見返すと、ふっと息をついた。

「了解した。――ガリナ離宮で待機している。何かあったら、呼べ」

どうやら、焦りで状況判断を誤ったのは、エルネストのほうだったようだ。

彼は魔力封じの腕輪のせいで、普段に比べれば微々たる魔力しか使えない。そのわずかな魔力ですら、制御するのに大変集中力を必要としている有様《ありさま》だった。

これなら、その辺の新人魔導士のほうが、まだ役に立つに違いない。

自嘲《じちょう》し、おとなしく離宮に戻ろうとしたエルネストに、長官が焦ったように声をかけてきた。

「殿下！　その……私の部下を助けていただいたこと、感謝いたします。本当に、ありがとうございました」

「……なぜ、礼を言う？」

現在のエルネストは、諜報《ちょうほう》部の指揮下にある。長官の命令には、必ず従《したが》わなければならないはずだ。

彼の命令を拒否したのだから、叱責されるのならわかる。だが、礼を言われる意味がわからない。

「オレはただ、イーズレイルの策に嵌《は》まっただけだ」

いまだ確定していない将来の犠牲《ぎせい》と、すでに確定している現在の犠牲《ぎせい》。

その二つを秤《はかり》にかけて、現在の犠牲《ぎせい》をなくす道を選択した。

自分の選択が正しかったのか、間違っていたのか――エルネストにはわからない。

ただ、長官の指示に従《したが》って、あのときあの場で通信係の青年魔導士を見殺しにするのは、違うと思った。

そこで、ようやく気づいたのだ。自分が今まで、何を思って生きてきたのか。

エルネストは今までずっと、国王に命じられるままに、この国を守ってきた。

けれど――

「悪いな、長官。イーズレイルの言っていた通りだ。オレは別に、この国を守りたいなんて、思ってねぇ」

今さらだな、と自嘲《じちょう》しながら、エルネストは淡々と告げる。

国王は、ディアドラや彼女を愛する者たちの人生を犠牲《ぎせい》にして、自《みず》らの権威を守り続けた。

それが、この国を守ることなのだとうそぶいて。

……より多くの人々の幸福のために、少数の犠牲《ぎせい》は仕方がない、と国王やその側近たちの誰もが言う。

けれど、エルネストはそんなことは認めない。

ほかの誰が許しても、彼だけは絶対に許さない。

「誰かを犠牲《ぎせい》にしなけりゃ守れねぇ国なんて、いっそ壊れちまえばいい」

＊　＊　＊

（……だりぃ）

エルネストが諜報《ちょうほう》部からガリナ離宮に戻り、三日が経った。

その間、彼はほとんどの時間をベッドで過ごしている。イーズレイルの腕輪を嵌《は》めて以来、体が重くて仕方がない。

鬱陶《うっとう》しい腕輪が壊れるまで、一か月ほどかかるという。先の長さを思うと、うんざりするばかりだ。

ため息をついて天井を見上げたとき、彼の視界が眩《まばゆ》い白銀に埋め尽くされた。

「……うむ。はじめて会ったときから、救いようがないほどバカな子だとは思っていたがな。まさか、ここまで絶望的に頭の悪い子だったとは思わなかったぞ」

しみじみと失礼なことを言ったのは、豊かな白銀の毛皮とアイスブルーの瞳を持つ、体長五メートルほどの巨大な狼。

人々から白天狼《はくてんろう》と呼ばれる、北方の雪深い山林に棲《す》む魔獣だ。ドラゴンと並び称されるほど強大な力と高い知能を有し、血縁を基礎とした強固な絆《きずな》を持つ群《む》れを形成する種族である。

自分が頭脳派ではないことを自覚しているエルネストは、白銀の魔獣の言葉に淡々と返す。

「ばあさん。見りゃあわかるだろうが、オレは今、クソだるくて仕方がねぇんだ。言いたいことがあるなら、さっさと言え」

「誰が年増《としま》のばばぁだ、クソガキが」

空中に浮かぶ白天狼が、巨大な牙《きば》を剥《む》き出しにして低く唸《うな》る。

エルネストは、そのすさまじい迫力を受け流し、できるだけ静かに言った。あまり大きな声を出すと、頭に響くのだ。

「何百年も生きてりゃあ、立派なばあさんだろ。孫たちは元気か？」

「うむ。ただ近頃、イタズラを覚えたようでな。毎日、娘夫婦がてんやわんやしておるわ」

白天狼はそう言って目を細める。

彼女の名は、ウルシュラという。

ウルシュラはエルネストの契約魔獣だ。だが、彼は望んで契約を交わしたわけではなかった。ほとんど一方的に、彼女が契約を押し付けてきたのである。

『我《わ》が名はウルシュラ。安心するがいい、愚《おろ》かで哀《あわ》れな人の子よ。そなたの心が闇《やみ》に染まる前に、必ず我が殺してやろう』

はじめて会ったとき、そう言った彼女が契約を求めてきた理由は知らない。

ウルシュラはエルネストと契約した後も、常に彼のそばにいるわけではなかった。普段は彼女の縄張りである北の山で、自由気ままに暮らしている。

ただ、エルネストが絶体絶命の危機に陥《おちい》ったとき、ウルシュラは必ず姿を現した。そしてそのたび、彼は奇跡のように生き長らえてきたのだ。

ウルシュラには、感謝している。

しかし、身動きするのも億劫《おっくう》になるほどだるくてかなわないときに、延々と孫自慢を聞かされるのは勘弁してほしい。

頼むから、今日はおとなしく帰ってくれないだろうか。

そうエルネストが言おうとしたとき、年増《としま》――ではなく、長老級の白天狼は、思い出したように口を開いた。

「あぁ、そうだ。ホレ、おまえのところにいた、イーズレイルとかいうおかしな魔導士の件だが……。最近、我らの間でも噂《うわさ》になっていてな」

思いがけない名前が出て、エルネストは目を瞠《みは》る。

そんな彼の様子をまったく気にした風もなく、ウルシュラはさらりと続けた。

「若い連中には、『おかしな魔導陣を見つけたら、決してちょっかいを出さずにそれぞれの族長へ報告するように』と通達しておいた」

エルネストは、ほっと息をつく。

イーズレイルが魔獣を支配しようとするなら、その結果を得るために必要な魔導陣を、トラップとして仕掛けている可能性が高い。そして、そのトラップに引っかかるとしたら、血気盛んな若い個体だろう。

ウルシュラの通達は、魔獣たちだけでなく、人間たちにとってもありがたいものだ。

族長クラスの魔獣たちが目を光らせてくれるなら、未完成なイーズレイルの実験で理性を失い、人里を襲う魔獣は、今後格段に減るはずだ。

「……そうか。迷惑かけて、悪いな」

エルネストが詫《わ》びると、ウルシュラはうっすら笑う。

「何百年に一度かは、ああいった命知らずな人間が出るものだ。それがたまたま、我らが生きている時代に生まれただけのことよ」

人間よりも遥かに長い寿命を持つ魔獣たちにとって、イーズレイルのような者の存在は、前代未《ぜんだいみ》聞《もん》の一大事というわけではないらしい。

「だがなぁ、小僧。あの魔導士、どうやらおまえたちのねぐらに、とんでもない置き土産《みやげ》を残していったようだぞ」

「は……？」

一体なんの話だ、とエルネストは瞬《まばた》きをする。

空中に浮かんだまま、ウルシュラはぴこっと耳を動かし、背後を振り返る素振りをした。

「先ほど、この城の中心部でドラゴンの召喚陣が発動した。おそらく、不用意に手を出すと召喚陣が発動するトラップが残されていたのだろう」

白天狼のアイスブルーの瞳が、再びエルネストを見る。

「城の者たちを面倒事に巻き込んで、自分のあとを追うのを遅らせよう、ということかな。それにしても、ずいぶん過激な足止めもあったものだ」

感心したように、ウルシュラはうなずいているが――

「……っそういうことは先に言え、クソばばぁーッ!!」

ドラゴンの召喚陣なんてものが城内で発動したら、とんでもない被害が出る。

魔獣の中でも最強種と名高いドラゴンは、普通ならば人間が発動させた召喚陣に引っかかることはない。

しかし問題なのは、ドラゴンが非常にプライドの高い種族だということだ。そのプライドの高さゆえ、若い個体の中には己《おのれ》の強さを誇示《こじ》するために、あえて防御手段を講じない者もいるらしい。

そういった個体であれば、人間が構築した召喚陣で捉《とら》えることは、理論上不可能ではないだろう。とはいえ、通常の神経を持つ者ならば、ドラゴンの召喚陣を発動させてみようなどと、考えるはずもない。

なぜなら、最強種と称される彼らの恐ろしさは、決して誇張されたものではないからだ。どれほど若く未熟な個体であっても、ひとたび戦闘になれば、必ずすさまじい犠牲《ぎせい》が出る。

ベッドから跳ね起きたエルネストは、奥歯を噛《か》んで眩暈《めまい》を堪《こら》えながら、己《おのれ》の契約魔獣を睨《にら》みつけた。

「どこだ？」

「城の南西にある細い塔の、てっぺん辺りだったかな」

それは、イーズレイルが拠点にしていた魔導研究所がある場所だ。

エルネストは、盛大に舌打ちをしたくなった。

諜報部《ちょうほう》は、一体何をしているのだろう。

(オレに来るなと言っておいて、なんてザマだよ、長官。……いや、魔導研究所の警備を担当してるのは、近衛《このえ》だったたな)

魔獣の暴走対策を担《にな》っているのは、諜報部《ちょうほう》だ。しかし、有力貴族の子弟が多い近衛《このえ》の者たちが、現場での優先権を主張する事態は、容易に想像できる。

エルネストは、くっと眉根を寄せた。

(近衛《このえ》の連中は、実戦経験が少ねぇ。諜報部《ちょうほう》だったら避けられるようなトラップでも、近衛《このえ》のぼっ

ちゃま方なら引っかかるってこともあるか。たぶん、イーズレイルの野郎は、そこまで計算してたんだろう）

近衛《このえ》部隊に所属する魔導士は、貴族出身の者ばかりだ。彼らの能力が特別劣《おと》っているとは思わないが、諜報《ちょうほう》部の精鋭《せいえい》魔導士とは比べるべくもない。

いずれにしろ、ウルシュラの話によれば、ドラゴンの召喚陣はすでに発動してしまった。

魔導研究所では、現場の者たちが対処しているはずだが、ドラゴンを相手にするなら攻城《こうじょう》級魔導具の使用が必須だ。

そして、それを使用できるレベルの魔導士は、エルネストを含めても数人しかいない。

エルネストは立ち上がり、足早に寝室の出口に向かう。

せめて、諜報《ちょうほう》部の魔導士が現場にいてくれればいいのだが――やたらとプライドが高い近衛《このえ》の者たちが、彼らの同席を許しているだろうか。

そんなことを考えていると、ウルシュラが静かに問いかけた。

「なぜ、行く？　小僧。そなたには、この城の者たちを守る理由などなかろうに」

「ここは、母上が守った城だ」

エルネストは反射的にそう答えた。

白銀の契約魔獣は、くくっと笑う。

「幼子《おさなご》が母の愛を求めるは、自然の理《ことわり》。そなたがそれを求めるも、また然《しか》り。だが、子を愛さぬ女は、母ではない。……もう、わかっているはずだ。我《わ》が契約者、エルネスト。そなたには、最初から母などおらぬ」

「……黙れ」

足が、ひどく重い。この足は、こんなに重かっただろうか。

ウルシュラが、低く穏やかな声で言う。

「その体でドラゴンと戦えば、そなたは必ず死ぬだろう。我とて、人間の造った召喚陣に引っかかるような間抜けなドラゴンなど、相手にするのはまっぴらごめんだ」

やめておけ、と静かな口調で諭《さと》される。

「こたびの災難は、この城の者たちの自業自得。そなたが負うべきものではない。……それとも、そろそろ死にたくなったか？　最後はどこぞの古い英雄のように、ドラゴンの炎で跡形もなく消えたいか？」

「……違う」

そういうことではない。

エルネストがドラゴンのいる魔導研究所に向かおうとしているのは、愚《おろ》かな自殺願望ゆえでも、浅はかな英雄願望ゆえでもなく――

「オレは……負けたく、ねぇんだ」

――何に負けたくないのかは、わからない。

ただ、ずっと無為に生きてきたエルネストにとって、敵と戦って勝つことだけが、己《おのれ》の存在意義だった。

もし敵に背を向けて逃げ出せば、その瞬間にエルネストはエルネストではなくなる。ただ呼吸しているだけの、木偶《でく》人形に成り下がるだろう。

それだけは、断じて許容できない。

「ウルシュラ」

エルネストは、契約魔獣の名を呼んだ。

「オレを殺したいなら、一緒に来い。ドラゴンに殺される直前に、オレを攫《さら》って食《く》い殺せ。オレは……殺されるなら、おまえがいい」

戦いから逃げるのは、いやだ。

けれど、エルネストがつらいとき、必ずそばにいたこの美しい魔獣以外に、己《おのれ》の命をくれてやるのもいやだった。

――そんなエルネストの心情を汲《く》み取ったのか、ウルシュラがわざとらしくため息をつく。

「本当に、バカな子だ」

「そんなことは、とっくに知ってただろ」

「……そうだな」

それきり、ウルシュラは姿を消した。

エルネストは、そのままガリナ離宮を出る。そして、城内にいくつかある転移ポイントを経由し、魔導研究所が管理している塔の入口にたどり着いた。

そこは、すでにパニックを起こした人々でごった返している。

（状況を把握してるヤツは、いなさそうだな。直接、向かうしかねぇか）

塔の上部を見上げると、激しい炎と光が絶《た》え間《ま》なく溢《あふ》れていた。おそらく、召喚されたドラゴンが放《はな》っているものだろう。

まだ建物が倒壊していないのが、不思議なくらいだ。

エルネストは自身の周囲に防御シールドを展開し、飛翔《ひしょう》の魔導で体を浮かせると、塔の最上部まで一気に飛んだ。

そこにあったはずのドーム型の天井は、完全に破壊されていた。

剥《む》き出しになった内部から、絶《た》え間《ま》なく激しい炎が噴き出している。

防御シールドを展開しているにもかかわらず、肌がちりちりと焦《こ》げつきそうな熱気を感じた。エルネストの防御魔導具を操《あやつ》る精度が、著《いちじる》しく下がっている証拠だ。

（やっぱ、いつもみたいには戦えねぇか……。ん？　あのドラゴン、なんで人型で戦ってんだ？）

炎の中心で揺れる影は、なぜか人間の形をしていた。そこから感じる規格外の魔力からして、あれがドラゴンであることは間違いなさそうだ。

ドラゴンなどの上位の魔獣は、魔導で他種族の姿に変じることも可能だという。

しかし、当然ながらその戦闘能力をフルで発揮できるのは、本来の姿を取っているときだ。ドラゴンの頑強な鱗《うろこ》や、鋭《するど》い牙《きば》や爪は、そのどれかひとつだけでも充分な脅威になる。

にもかかわらず、わざわざちっぽけな人間の姿で戦うとは、一体どんな理由があるのだろう。

よく見れば、ドラゴンを取り囲む魔導士たちは、みな防御シールドの中で生きている。

それらのシールドは、ドラゴンの放《はな》つ炎や衝撃波に耐えられるようなものではない。どれも、対人攻撃魔導具を防ぐのがせいぜいといったものばかりだ。

ドラゴンの攻撃がまともに当たっていたなら、魔導士たちはその時点で即死していたに違いない。

――つまり、あの人型をしたドラゴンは、その炎で塔を破壊したものの、一度も人間を攻撃していないということになる。

この状況で、そんな選択をするドラゴンがいるものだろうか。

困惑したエルネストの背後に、ウルシュラが現れた。魔導でエルネスト以外には姿が見えないようにしているが、何やらひどく驚いている様子だ。

「待て、小僧。あれは、ドラゴンではないぞ」

彼女の声が、いつもより少し高い。

「あ？　何を言ってやがる。あんなおっかねぇ魔力を持つ魔獣が、ドラゴン以外にいるってのか？」

エルネストは、顔をしかめた。

ちらりと彼を見たウルシュラは、「そうではない」と語気を強める。

「あの娘は、人間だ」

「……は？」

意味がわからず、エルネストは目を丸くした。

ウルシュラはアイスブルーの瞳を細め、炎の中心で揺らめく人影をじっと見る。

「否《いな》――人間だったもの、というべきか。事情はわからぬが、どうやらあの娘は、ほぼ一体ぶんのドラゴンの魔力を体内に取り込んだばかりだったようだな」

他者から魔力を与えられたところで、その器《うつわ》で受けきれないぶんの魔力は、時間の経過とともに次第に抜けていくものだ。

いくらドラゴン一体ぶんの魔力を体内に取り込んだとしても、人間がその体内に留められる魔力の量には限りがある。あと数日も経てば、魔力適性がずば抜けて高い人間になる、という状態で落ち着いたはずだ。

だが魔導士たちは、イーズレイルの罠《わな》にはまったことで冷静さを失い、そんな相手の状態を見抜くことができなかったのだろう。

この現状からして、召喚陣に巻き込まれた直後の娘に、彼らは問答無用で総攻撃を仕掛けたのではないか――

そう語ったのは、長老級の魔獣であるウルシュラだ。魔獣たちの感覚は、人間とは比べ物にならないほど精度が高い。

その推測を疑う理由を、エルネストは持っていなかった。

「……それで？」

掠《かす》れた声で続きを促《うなが》すと、ウルシュラは痛ましいものを見る眼差《まなざ》しを炎の奥へ向ける。

「おそらく、あの娘の体に宿っていたドラゴンの魔力が、宿主の生命の危機を感じて暴走した」

生きたい。

生きていたい。

それは、生き物としてごく当たり前の渇望だ。

ウルシュラが、静かな声で続ける。

「阿呆《あほう》な魔導士どもが、みな生きているところを見ると――あの娘は立派だな。ドラゴンの炎で自分の身を守りながらも、人を殺すことだけは、断固として拒絶しているようだ」

しかし、あれだけのドラゴンの炎を操《あやつ》るなど、到底人の身に叶うことではない。その体はもう、ドラゴンの炎を操《あやつ》れるものに変わってしまった。

「まったく、気の毒なことだが……。あの娘はもはや、人ではない。だが、もちろんドラゴンでもない。どちらにもなれぬ、哀《あわ》れな生き物だ」


――殺したくない。

人間なんて、殺したくない。

そんなことをすれば、自分の心のほうが死んでしまう。

そう思う気持ちが、エルネストには痛いほどよくわかった。

……彼にはもう、そんなことを願う資格はない。この手は、すでに血まみれだ。

けれど、あの炎の中で懸命に抗《あらが》っている誰かは、まだ間に合う。

エルネストは、一度深く息を吸って――吐いた。

「ウルシュラ。オレを食《く》い殺すのは、もう少しあとにしろ」

「……あの娘を救う気か？　今のそなたでは、あの娘にほんの少しでも敵意を持たれたら、簡単に焼き殺されるぞ」

そんなことは、わかっている。

でも、放っておけない。放っておけるわけがなかった。

エルネストは、ウルシュラのアイスブルーの瞳を見る。

「ここで行かなけりゃ、オレのほうが人間じゃなくなるんだ」

どうせ、誰にも望まれない自分の命だ。別段、惜《お》しむようなものではない。

だからといって、もちろん積極的に死ぬつもりはなかった。

ただ、もしここですべてが終わりになるのだとしても——最後に、あれほど生きたいと願っている誰かを、この手で救えるのなら、それでいい。

「できるだけ、死なねぇようにする。だが……もしオレがしくじったら、あそこにいる誰かを、せめて家族のもとへ戻してやってくれねぇか？」

事あるごとに家族自慢をしていたウルシュラならば、このくらいの願いは叶えてくれるだろう。

そう思ったのに、返ってきたのは小馬鹿にしたようなせせら笑いだった。

「阿呆《あほう》なことをぬかすな、小僧。あの娘を家族のもとへ返してやりたいのなら、そなた自身でするがいい。我の手を、そのようなことで煩《わずら》わせるな」

「……おまえの前脚って、手だったのか」

まじまじとウルシュラの前脚を見ていると、振りかぶられた大きなそれで、頭を軽く殴られる。

痛い。

ウルシュラが、くわっと牙《きば》を剥《む》いた。

「さっさと行かんか、ド阿呆《あほう》が！」

「おう」

殴られた頭をさすりながら、エルネストは炎の中心に向き直る。

そんな彼の背に向かって、ウルシュラが早口に言った。

「もし会話が可能でありそうなら、まずはあの娘の名を聞き出せ。あれほどドラゴンの魔力が肉体に同化していれば、魔導での使役《しえき》契約が有効なはずだ。マスターとなったおまえが命じれば、炎もすぐに鎮《しず》まろう。今は、あの娘の救出を最優先に考えろ」

「わかった」

魔導による使役《しえき》契約は、異種族間でのみ成立する。

ウルシュラが使役《しえき》契約などという策を示した以上、あの炎の中にいる誰かは、本当に人間の枠組みから外れてしまったのだろう。

元々は同じ人間であった者を、己《おのれ》の使役《しえき》獣とすることには、ためらいがある。

だが、そんなことで迷っている余裕は、今はどこにもなかった。

すぐにでも、この状況をどうにかしなければならない。

あの炎の中にいる人間が、いつドラゴンの魔力を抑えきれなくなるかわからないのだ。

(どんなに最悪な状況だろうと、死ぬよりはマシだ)

ウルシュラの言う通り、まずは対象の救出を最優先に考える。

それ以外のことは、すべてあと回しだ。

エルネストは、防御シールドの中で恐怖に青ざめた顔をしている魔導士たちを、上空から一喝《いっかつ》した。

「死にたくねぇヤツは、下がってろ！　邪魔だ！」

魔導士たちが、弾《はじ》かれたように顔を上げる。

近衛《このえ》部隊の華やかな制服にまじって、シンプルな諜報《ちょうほう》部の制服がいくつかあった。

真っ先に反応したのは、諜報《ちょうほう》部の制服を着た青年――数日前、イーズレイルに殺されかけた、通信係の魔導士だ。

彼は、エルネストを見て緩《ゆる》みかけた表情を、ぐっと引き締めた。そして、大声を張り上げて周囲に撤退《てったい》を促《うなが》す。

「非常事態につき、諜報《ちょうほう》部長官から全権を委任された私が、この場を指揮する！　――総員、退避!!」

その指示に、まず諜報《ちょうほう》部の者たちが反応した。それから、少し迷いを見せた近衛《このえ》部隊の者たちが、炎に満ちた塔から離脱していく。

最後に、指示を下した青年魔導士が、もう一度エルネストのほうを見てからその場を去った。

残されたのは、吹き荒れる炎の中心でうずくまる、小さな人影。ぼろぼろに焼け焦《こ》げた衣服は、辛《かろ》うじてその胴体を覆《おお》っているものの、しなやかな手足はほとんど剝《む》き出しになっている。

おそらく、まだ十代の若い娘だ。

彼女の長い髪が、炎に煽《あお》られて舞い踊っている。

エルネストは、塔の床に降り立った。防御シールド越しに感じる熱気に顔をしかめながら、できるだけ静かに声をかける。

「……オレの声が、聞こえるか?」

こんな状況だ、一度で返事があるとは思っていなかった。それどころか、反射的に攻撃されても不思議はない。

だが、うずくまっていた人影が、呼びかけに反応してぴくりと動く。

渦巻《うずま》く炎は、エルネストに向かってこない。むしろ、炎の勢いは先ほどよりも急激に弱まっている。

不思議に思いながら、エルネストはもう一度ゆっくりと口を開く。

「大丈夫だ。ここにはもう、おまえを傷つける者は、誰もいない。……大丈夫。怖くない。オレは、おまえの敵じゃない」

こんなふうに、傷ついてうずくまる誰かに声をかけるのは、はじめてだ。言葉を紡《つむ》ぐたび、胸の奥が落ち着かない気分になる。

エルネストはそっと嘆息した。

ややあって、自身の体を抱きしめるようにしていた娘が、ぎこちない動きで顔を上げる。

恐怖に強張《こわば》り、泣きはらした目が、エルネストを見る。

その目と、視線が絡《から》んだ。

(……え……?)

ひゅっと、喉《のど》が鳴る。それと同時に、ひどい眩暈《めまい》に襲われた。

紅蓮《ぐれん》の炎をまとい、人に非《あら》ざる存在としてここにいる彼女の名を、エルネストは知っていた。彼女の姿は以前と少し違っていたが、間違いない。

心臓が、すぅっと冷えていくような感覚の中、彼は掠《かす》れた声で問う。

「デルフィーナ……か……?」

まさか、と思いながら、ほとんど無意識に呼んだその名に、娘が目を見開いた。その瞳から、ぽろぽろと涙がこぼれ落ちていく。

彼女は、ぱくぱくと何度か唇を開閉し、それから泣きじゃくるようにして叫んだ。

「エルネストさまぁ……っ!」

目の前が、暗くなる。

呼吸が、しにくい。

(なん……で……)

どうして、彼女が。

生まれてはじめて、エルネストに『幸福』の形を教えてくれた、デルフィーナ。

——彼女だけは、エルネストの生きる醜《みにく》い世界とはまったく違う、あの優しく温かな幸福に満ちた世界で、ずっと笑っていてほしかったのに。

第四章　炎の再会

炎で包まれた塔でエルネストと再会を果たす、一時間ほど前。

キノコハンターのデルフィーナは、少々悩みを抱えていた。

ドラゴンの卵を食べてから五日経ったが、今のところ、彼女の体は以前とまるで変わりがない。

しかし、ドラゴンと会っていたときに感じていたイヤな予感は、今もデルフィーナの神経をちくちくと刺激している。

なんとも鬱陶《うっとう》しいことだが、今の彼女は、もっと切実な悩みを抱えていた。

(わたしが知らないドラゴンさんからお菓子をもらって食べちゃったせいで、みんなにはよけいな心配をかけちゃってるし……。今回の稼《かせ》ぎで、家族で何か美味《おい》しいものでも食べに行こうかな。いやでも、うちの場合、お母さんの料理以上に美味《おい》しいものを出してくれるお店を探すのが、ものすごく大変だという罠《わな》が。ぬーん……困った)

料理上手な母親を持つと、大変ありがたい反面、いろいろと悩ましいのだ。

いっそのこと、普段は手を出せない高級食材を買ってきて、クレアに料理してもらうのが一番いいかもしれない。

そんなことをのんきに考えられる程度には、デルフィーナの日常はいつも通りだった。

ありがたいことに、今回の取引で、先日採《と》った『春告げキノコ』はすべて捌《さば》けた。だが、このキノコは自宅用にストックしておきたい、家族全員の好物である。

そして、『春告げキノコ』が生えているシーズンは、そう長くない。天気がいい間に、もう一狩り行っておいたほうがいいだろう。

そう考えたデルフィーナは、万が一のために母が用意してくれた弁当を持って、再び山に入ることにした。

そして、だいぶ狩場が近くなってきたところで、彼女は違和感を覚えて首をかしげる。

（……なんか、全然疲れないな？）

いつもなら、家から狩場まで歩くと少し汗ばむのだが、まったく疲れもなければ息も弾まない。

もしやこれが、ドラゴンの卵を食べた影響だろうか。

若干《じゃっかん》の違和感は付きまとうものの、こんなふうに体力が増強される程度の変化なら、ありがたいばかりだ。

疲労を感じないことに気をよくしたデルフィーナが、鼻歌まじりに先を進んでいた――そのときである。

突然、足元の地面が激しく輝いた。

咄嗟《とっさ》に、顔をかばって目の前に腕を上げる。

そしてデルフィーナは、その光が自分の体を中心に、複雑な紋様《もんよう》を描いていることに気がついた。

――もし彼女に魔導の知識があれば、それが召喚陣であるとわかったかもしれない。

しかし、魔導に関する知識が皆無の彼女にとって、それはただの怪奇現象に過ぎなかった。

（は!?　何これ、何これ、何これぇぇぇえー!?）

パニックを起こしたデルフィーナが悲鳴を上げようとしたとき、目の前が真っ白に染まる。

そして——

「……っ現れたぞ！　総員、放《はな》てーッ!!」

——直後、すさまじい数の魔導攻撃が、閃光《せんこう》となってデルフィーナの視界を焼き尽くした。


耳を聾《ろう》するほどの轟音《ごうおん》と、灼熱《しゃくねつ》。

全方位から向けられる、すさまじい敵意と殺気。

どれも、デルフィーナの人生に無縁だったものだ。

それらのすべてが、恐ろしくてたまらない。

しかし今、彼女がそれ以上の恐怖を抱《いだ》いているのは、自分自身に対してだ。

突然、目の前の景色が変わった直後、デルフィーナは意識が吹っ飛ぶほどの激痛に襲われた。再び世界を認識したとき、彼女は何よりもまず、自分が生きていることに驚いた。

……あんな痛みに襲われて、死なないということがあるのだろうか。

けれど今、デルフィーナはたしかに息をしている。

身につけていた服はボロボロで、見る影もない有様《ありさま》になってしまっているけれど、腕にも足にも傷らしい傷はない。動かそうと思えば、きちんと動く。

——それが、怖い。

わかるのだ。彼女が不用意に手足を動かせば、すさまじい破壊の力を生む、と。

それればかりではない。デルフィーナの周囲で吹き荒れる炎は、彼女の体から溢《あふ》れ出ている。

そんなばかなと思うのに、それが今の現実だった。

——また、攻撃が来る。

その殺意に反応して、一層激しい炎が逆巻《さかま》く。

どんなに激しい攻撃も、この炎の壁を貫《つらぬ》くことは叶わない。

だからもうやめて、と何度願っただろう。

デルフィーナは、何も悪いことなどしていない。こんなふうに、たくさんの殺意を向けられなければならない理由なんて、何ひとつないはずだ。

それなのに、周囲からの攻撃が収まることはない。このままでは、デルフィーナから溢《あふ》れる炎は、彼らを焼いてしまう。

そんなのは、いやだ。

山の中で、食卓にのせるために獣《けもの》を狩るのとは、わけが違う。人間を殺すのだけは、絶対にいやだった。

たとえ自分に殺意を向けている相手でも、彼らの血が流れるところを想像するだけで、息が止まりそうになる。

（怖い）

今、自分の身に起きているすべてが、恐ろしくてたまらなかった。

たくさんの人間に包囲されて命を狙われていることも、自分自身が得体のしれないものに変わってしまっていることも。

何より、自分の炎が人を殺してしまいそうなことが本当に怖くて、どうしたらいいのかわからない。

彼女は、吹き荒れる炎が人々に向かわないよう、必死に念じた。しばらくして、デルフィーナは周囲から殺意が消えたことに気づく。

やがて、落ち着いた響きの静かな声が聞こえた。

感情をあまり感じさせない、淡々とした口調の低い声。

その声を、デルフィーナは知っていた。

一瞬、聞き間違いかと思い――大丈夫だ、と繰り返す声のほうを、ぎこちない動作で見る。

そこにいたのは、びっくりするほどきれいな顔立ちをした青年だった。

鋭《するど》い印象の、切れ長の目。細く通った鼻筋に、清潔感のある薄い唇。

おそらく、デルフィーナが目にしたことがあるのは、この青年の顔の下半分だけだ。

今、彼の目は包帯で隠されていないし、その額《ひたい》に印象的な視覚補助魔導具はない。

けれど、彼のさらさらの赤い髪と、耳に心地よく通る声は、間違いようがなかった。

何より彼は、デルフィーナの名を呼んだ。

どうして、この人がここにいるのだろう――そんな疑問が脳裏に浮かぶより先に、デルフィーナは泣きながら彼の名を呼び返す。

「エルネストさまぁ……っ！」

おかしな光に包まれたと思ったら、なぜだか見知らぬ場所に移動していた。わけもわからないまま、壮絶な殺意と攻撃を向けられた。

本当に恐ろしくてたまらなかったそれらがやんだ途端、見知った人物が現れたのだ。

ほっとした。

大丈夫だ、というエルネストの言葉が、張りつめていたデルフィーナの心をぐずぐずにする。

「ふ……ぅ、え……っ、うわあぁぁあああああん！」

子どものように、恥も外聞もなく泣き声を上げる彼女に、エルネストが駆け寄ってきた。歯を食《く》いしばって、どうにか泣くのを堪《こら》えようとしても、次々と涙がこぼれてしまう。

デルフィーナは、もう十八歳だ。人前で泣くことが許される子どもではない。

けれど、こんなのは無理だ。

耐えられるはずがなかった。

ひどく混乱していながら、なぜかデルフィーナは本能的に理解していた。

――自分の体が、ドラゴンの卵が内包していた魔力の、ほとんどすべてを受け入れてしまったことを。

その本当の意味や、これからどうなるのかは、まだ全然わからない。

それでも、たったひとつたしかなことがある。

デルフィーナはもう、人間とは違う生き物になってしまった。

彼女の全身からは、依然《いぜん》として炎が噴き出している。その炎の熱で傷《いた》んで当然なのに、肌も髪も、まったくきれいなままだ。

何より、この全身に満ちる魔力の恐ろしさに、震えが止まらない。

こんなにも膨大《ぼうだい》な力が、自分のちっぽけな体におさまっているというのは、本当に恐怖でしかなかった。

「……デルフィーナ。オレを見ろ」

怯《おび》えて震える彼女の耳に、少し掠《かす》れた声が届く。

見れば、エルネストは手を伸ばせば触れられるほどの位置にいた。

彼との距離の近さに、デルフィーナは一層震える。

彼女の体からは、まだ炎が溢《あふ》れているのだ。こんなに近づいていては、エルネストが怪我をしてしまう。

「は……離れ、て、ください……っ」

必死に訴《うった》える彼女の前に、エルネストがゆっくりと片膝をつく。

「大丈夫だ。……よく、がんばったな。デルフィーナ」

「……っ」

優しい言葉をかけられ、また涙が溢《あふ》れる。

「落ち着け。ゆっくり、息をするんだ。今、おまえの中にある力は、おまえのもんだ。……大丈夫。おまえは、優しいな。おまえの炎は、ここにいた連中をひとりも傷つけてねぇよ。みんな、無事だ」

「ぶ……じ……？　ほんと、に？」

おそるおそる問い返したデルフィーナの頬に、エルネストの指先が触れた。反射的に、びくりと後ずさる。

けれど、彼が苦痛を感じている様子はない。

彼はさらに手を伸ばし、デルフィーナの頬を軽く撫《な》でた。そして、火傷《やけど》をしていないきれいな手を振り、さらりと言った。

「ほら。大丈夫だ」

「……ふ……ぇ……っ」

恐怖から解放された彼女の目から、今度は安堵《あんど》の涙がこぼれ落ちる。

ゆるゆると炎が勢いを失っていく。やがてすべての炎が消え、ほっとしたデルフィーナは、両手で顔を覆《おお》った。

その肩にふわりと何かがかけられ、彼女はエルネストのにおいに包まれる。

顔を上げてみれば、エルネストの上着がデルフィーナの体をすっぽりと覆《おお》っていた。

「すっかり、ボロボロになっちまったな。いやかもしれねぇが、しばらくそれで我慢してくれ」

そう言われ、今の自分が人前に出られる格好ではなくなってしまったことを思い出す。何しろ、あちこち焼け焦《こ》げた衣服が、辛《かろ》うじて胴体にまとわりついているだけなのだ。

今はそれどころではないけれど、恥ずかしさのあまり死にたくなりそうな有様《ありさま》である。

「あ……りがとう、ございます。エルネストさま」

どうにか礼を述べると、エルネストは静かに首を横に振った。

「礼はいい。疲れただろう。少し、休めるところに連れていく。――失礼するぞ」

「え……ふぉお!?」

エルネストの上着ごと、あっさりと抱き上げられた。

素《す》っ頓狂《とんきょう》な悲鳴を上げたデルフィーナを、彼はまじまじと見つめてくる。

「よし。泣きやんだな」

「いきなり、王子さまみたいな男の人にお姫さま抱っこをされたら、そりゃあびっくりして涙も止まるってものですよ!?」

先ほどまでとはまったく角度の違う衝撃をくらったせいで、妙に威勢のいい声を上げてしまう。

結果的に心が立ち直ったのか、単に驚愕《きょうがく》が一周回って冷静になったのかはわからない。

何はともあれ、ようやく泣きやんだデルフィーナに、エルネストは真顔で言った。

「デルフィーナ。王子『みたい』じゃねぇ。オレは一応、国王の子だ」

「……はい?」

デルフィーナは、目を丸くした。

「非常に、不本意ながらな。けどまぁ、隠すようなことでもねぇし、ここに来た以上はいずれわかるだろうから、言っておく」

不本意という言葉の通り、エルネストはものすごくいやそうだ。

そんな彼の顔を、デルフィーナは極限まで目をかっ開《ぴら》いて見つめる。

――彼の作り物めいて整った顔立ちは、たしかに絵に描いたような『王子さま』だ。

若干《じゃっかん》、目つきが鋭《するど》い気はするけれど、むしろそこがいいという女性は、数えきれないほどいるだろう。

鮮《あざ》やかなコバルトブルーの右目も、黒曜石《こくようせき》のような左目も、どちらも見とれるほど美しい。

こんなにきれいな『王子さま』に、世の乙女たちの憧《あこが》れである『お姫さま抱っこ』をされているという事実に、デルフィーナは意識が遠のきそうになる。

「なんと、恐れ多い……。すみません、ごめんなさい。申し訳ありません。自分で歩きますので、今すぐ下ろしてください」

「残念だが、おまえの靴は灰になっちまったみてぇだぞ」

彼女が大暴れしたせいで荒れ果てた周囲は、とても裸足《はだし》で歩けるような状態ではない。

デルフィーナは、再び泣きたくなった。

この超絶美形な王子さまのご尊顔は、至近距離で拝見し続けるには麗《うるわ》しすぎる。

そんな彼女の悲嘆をどう受け取ったのか、エルネストが慌てたように言う。

「おい、泣くな。おまえが泣くのは……なんか、困る」

「まだ泣いてません。でも、泣いていいものなら、泣きたいです」

心が折れる寸前の彼女に、エルネストは少し考えてからうなずいた。

「別に、絶対駄目だと言ってるわけじゃねぇ。……よし。心の準備ができた。泣いていいぞ」

「はぁ……」

そう言ったエルネストは、まるでこの世の終わりが来るかのごとく悲愴《ひそう》な表情を浮かべている。

そんな顔をされては、涙も引っ込むというものだ。

そこでデルフィーナは、ふと思いついたことを口にする。

「そういえば、エルネストさま。今日は、視覚補助魔導具がなくても大丈夫なんですね」

やはり、こうして目が見えていたほうが、相手の感情がわかりやすい。

そう思ったデルフィーナだが、彼女の言葉を聞いたエルネストの瞳から、すっと感情の色が消えた。

「……あぁ。そうだな」

どうやらこの話題は、彼にとって楽しいものではないらしい。

失敗したなと反省しながらも、こうして相手の目を見て話せるのは、デルフィーナにとっては嬉しいことだ。何より、エルネストが目に不自由を抱えていなくて、本当によかったと思う。

……ただ少しばかり、この美形すぎる顔を間近で見るのが、心臓に悪いだけである。

そのとき、エルネストが何かを思い出したように言う。

「おい、デルフィーナ。そういえばおまえ、色が変わってるぞ」

「へ？」

なんのこっちゃ、とデルフィーナは瞬《まばた》きをする。

エルネストはなぜか舌打ちして上空を見た。それから、デルフィーナを片腕で抱えなおし、左の手首につけている通信魔導具と思《おぼ》しきものに語りかける。

「諜報部《ちょうほう》、聞こえるか。――あぁ、そうだ。対象は確保した。これから、ガリナ離宮に連れて行く。――うるせぇよ、コイツに関する権限は、今後一切オレのもんだ。よけいな口出ししてんじゃねぇ。次にこんなバカなことをしやがったら、オレが近衛《このえ》の連中を全員叩き潰してやるから、そう伝えておけ。じゃあな」

（おぉ……エルネストさま。もしかして、何やらお怒《いか》りでいらっしゃいますか？）

エルネストの口調がひどくとげとげしくて、なんだか怖い。『色が変わっている』と言われた意味を聞きたかったのだが、少々声をかけにくい雰囲気だ。

通信を切った彼は、再びデルフィーナを両手で抱えた。

「掴《つか》まってろ。このまま、ガリナ離宮――オレの住処《すみか》まで飛ぶ」

「飛ぶ？　……ほわぁああ⁉」

直後、一気に視界が変わる。

寸前までいた場所が、巨大な敷地の一角に立つ塔の上だったことに初めて気づく。

遥か高みからの光景に圧倒されつつも、デルフィーナは自分のいる場所がどこなのかを知る。

眼下に広がる、壮麗《そうれい》な建物群。

地平線が見えそうなほど広大な庭園と、芸術的に整えられた植物たち。

その奥で輝くのは、人工の湖だろうか。そこから流れる幾筋《いくすじ》もの細い川が、緩《ゆる》やかにうねって巨大な城の周囲を巡《めぐ》っている。

デルフィーナは、顔を引きつらせながら問いかけた。

「あの……エルネストさま。その、ここって……ひょっとしなくても、王城、ですか？」

「そうだ」

エルネストはあっさりうなずく。……できれば否定してほしかった。

つまりデルフィーナは、この国の中枢《ちゅうすう》たる王城の中で、大暴れしてしまったわけで——

（お父さん……お母さん……お兄ちゃん……。デルフィーナは、とんでもない大罪を犯《おか》してしまいました。わたしはきっと、死罪になると思います。今まで育ててくれて、ありがとうございました）

——故郷の空の下にいる家族に、最後に少しだけでも会えるだろうか。

山で死ぬ覚悟はあっても、王城で死罪になる覚悟はなかったな、と遠い目になってしまう。

たそがれる彼女に、エルネストが言う。

「いいか、デルフィーナ。この王城では、絶対に誰も信じるな」

低く、冷たい声だった。

「家族のこと、どこに住んでいるのか——おまえ個人に関することは、一切、誰にもしゃべるんじゃねぇ。たとえ、国王の名を出されたとしてもだ。絶対に、誰にも何も教えるな」

デルフィーナは、さぁっと青ざめる。

「か……家族まで、死罪になりますか……？」

「そこまでするかは、わからねぇ。だが、王城の連中はおまえの家族のことを知れば、間違いなく家族の安全を盾に脅《おど》してくる。……オレの母親のときも、そうだった」

まったく感情の透《す》けない口調で語られた言葉に、デルフィーナは息を呑む。

「オレの母親は、そうやって脅《おど》されて国王の側室になった。故郷に、婚約者がいたってのにな。――デルフィーナ。ここは、そういう場所だ。絶対に、誰も信じるな」

特に、魔導士には気をつけろ、とエルネストは言った。

魔導の中には、相手の名を使って使役《しえき》する、使役《しえき》契約というものがあるらしい。さほど強制力のあるものではないし、無茶な命令――『死ね』などの、生存本能に反するものは拒否できる。

ただ、マスターになった魔導士を傷つけることは、絶対にできなくなるという。

「ファーストネームだけなら、問題はねぇ。だが、おまえにしつこくフルネームを聞いてくる連中がいたら、それが狙いだと思っていい」

「え……と。……ハイ」

この口ぶりだと、ひょっとして先ほどデルフィーナが城の一部を破壊したことは、不可抗力として不問《ふもん》に付《ふ》してもらえる感じなのだろうか。

それはありがたいが、どう答えればいいのかわからない。

魔導士に気をつけろ云々《うんぬん》というのは、ひとまず素直にうなずいておくべきだと思われる。

だが――エルネストの母親が、そんなひどい目に遭《あ》ったと聞かされて、一体どう返せばいいのだろう。

わからない。

デルフィーナは、そんな悲しい話を聞かされて、彼の傷に触れずに返せるような言葉を、ひとつも持っていなかった。

彼女がぎこちなくうなずいたとき、エルネストが空中を移動するのをやめ、ゆっくりと地面に向かって降りはじめる。

ぐんぐんと近づいてきたのは、ほかの華麗な建築物と比べると、明らかに質素な外観の建物だった。

庭の手入れも最低限しかされていないようで、木々が好き勝手に枝を伸ばしている。

ほかの庭園の完璧なまでに整えられた美しさの中で、ここだけ異質な雰囲気があった。

けれど、デルフィーナにとっては、こういった自然な空気感のほうが、遥かに馴染《なじ》みやすい。先ほどから、いろいろな意味で衝撃を受けまくっていた心が、少し安らぐ。

その庭に降り立ったエルネストは、建物まで歩くと正面扉を無造作に蹴り開けた。

デルフィーナは建物の内装に驚き、目を瞠《みは》る。

(えぇと……なんていうか、全然人が住んでいる感じがしない建物だなぁ。ここって、エルネストさまが住んでる離宮なんだよね?)

広々とした部屋に置かれているのは、古ぼけたソファとローテーブル、そして頑丈そうなキャビネット。装飾と呼ばれるものは、一輪の花すら飾られていない。

どうやら、掃除はきちんと行き届いているようで、埃《ほこり》っぽさは少しもなかった。

それでも、ここは空《あ》き家《や》だと言われたら、デルフィーナは素直に信じただろう。それくらい、この空間には生活感というものがない。

困惑したデルフィーナを、エルネストはソファに座らせる。そして建物の奥に視線をやった。

「ウルシュラ」

彼の呼びかけに応じ、突然その場に現れたのは――

(はぁあああんっ！　か……っ可愛いぃいいいぃーっっ!!)

――ちょうどデルフィーナの膝にのるくらいの大きさで、真っ白なもふもふの毛並みを持つ仔犬であった。

束の間、それまでの状況をすべて忘れるほど、彼女はその愛くるしさに心をとろかされる。

エルネストが、低い声でぼそりとつぶやいた。

「おい……おまえ。なんだ、そのあざといにもほどがある姿は」

仔犬の耳が、ぴこっと揺れる。

「若い娘の気持ちを和《なご》ませてやろうという、我の粋《いき》な計らいであろう。あざといとはなんだ、あざといとは」

「……犬が、しゃべった!?」

思わず声をひっくり返して叫んだデルフィーナに、愛らしい仔犬が楽しげに言う。

「我は、エルネストの契約魔獣だ。こやつに呼ぶことを許している名は、ウルシュラという。おまえは、『白銀《はくぎん》の君《きみ》』とでも呼ぶがいい。――こたびは、とんだ災難だったな」

「は……はくぎんの、きみ……」

このちんまりと愛くるしい姿で、なんと偉そうな呼び名であろうか。

しかし、エルネストの契約魔獣というからには、この白いもふもふは、きっととても立派な魔獣なのだろう。たとえその外見が、問答無用で抱きしめて、全力で撫《な》でまわしたくなるほど愛らしくとも。

デルフィーナは深呼吸をすると、白い魔獣に初対面の挨拶《あいさつ》をした。

「はじめまして。白銀の君は、エルネストさまの契約魔獣なのですね。知らなかったこととはいえ、先ほどは大変失礼いたしました。わたしのことは、デルフィーナと呼んでください」

「うむ」

姿勢を正したデルフィーナを、白銀の君がつぶらな瞳で見上げてくる。

デルフィーナは、ときめきのあまり胸が苦しくなった。

そんな彼女に、白銀の君は言う。

「どうやら、その髪と目の色からして、おまえが取り込んだのは、地の属のドラゴンの力のようだな。一体、なぜおまえのような若い娘が、それほど純粋で膨大《ぼうだい》なドラゴンの力を得ることになった？」

地の属ということは、デルフィーナに卵をくれたドラゴンは、その魔力の属性が大地に干渉《かんしょう》するタイプであるらしい。

髪と目の色から魔獣の属性が判別できるとは、知らなかった。

感心しながら、相手の問いかけに答えようとしたところで、彼女は視界の端に何やら違和感を覚えた。

(んん……?)

やけにキラキラと艶《つや》やかに輝く黒いものが、視界に入ってくる。

それが、自分の髪だと気づいた瞬間、デルフィーナはくわっと目を見開いた。

がっしと髪を掴《つか》んでみれば、まるで子どもの髪のようにさらさらしている。

その感触も気になったが、何よりデルフィーナの髪は栗色だったはずだ。それが、一切赤みのない、純粋な黒に変わっている。

髪だけではなかった。彼女の手指から腕、ボロボロになった服から剥《む》き出しになっている足。とにかく、見えている範囲の肌がすべて、赤ん坊じみた白さと柔らかさになっている。

半年前に、ナイフの扱いを誤ってつけた、手の甲の傷跡も消えていた。

そういえば、先ほどエルネストがデルフィーナを見て『色が変わっている』と言っていたような――

血の気が引いた彼女に、白銀の君が声をかける。

「デルフィーナ。こちらを見ろ。これが、今のおまえの姿だ」

そちらを向くと、空中で魔力の粒子が集まり、薄く輝く鏡面を形成した。どうやら、白銀の君による魔導のようだ。

そこに映った自分を見た瞬間、デルフィーナは微妙な既視感を覚える。

（……おぉう。これは……なんということでしょう）

姿かたちこそ、長年見慣れた自分のものだ。

けれど、髪と瞳の色、そして肌が、今までの自分とはまるで違っていた。

漆黒《しっこく》の髪と、澄《す》み切った緑色の瞳――それは、あのとき出会ったドラゴン美女のそれと、まったく同じ色彩である。

肌は、以前の日焼けした小麦色からは想像もできないような、真っ白でふくふくとした質感だ。鼻の辺りに散っていたそばかすも、すべてきれいに消えていた。

デルフィーナは、呆然とする。

（何これ、気持ち悪い）

――ドラゴンなどの魔獣は、人間とは比べものにならないほど回復力が高いという。取り込んだドラゴンの魔力がそれに相応《ふさわ》しい回復力を発揮し、デルフィーナの体に蓄積していた日焼けのダメージや過去の傷跡を、すべて消してしまったということなのだろうか。

この推測が正しいかどうかはわからないが、肌の変化の理由はひとまずそう推察できる。

しかし、髪と目の色が変わった理由は、よくわからない。いずれにせよ、自分の肉体が、本来あるべきものとかけ離れた姿になっているというのは、決して気分のいいものではなかった。

デルフィーナは魔導の鏡から目を逸《そ》らすと、いまだ新しい記憶を辿《たど》りながら、白銀の君に事情を語る。

先日、自宅近くの山中で、偶然ドラゴンの女性に会ったこと。そのとき、繁殖期の直後だった女性が、産んだばかりの無精卵を持っていたこと。そして、魔導でお菓子の形にしたそれを、お腹を空《す》かせていたデルフィーナに食べさせてくれたこと。

ひと通り話し終えると、彼女はエルネストの契約魔獣に問うた。

「白銀の君。わたしの髪と目がドラゴンの女性と同じ色になったのは、やはり彼女の卵を食べたせいなのでしょうか？」

「……お菓子だと？」

こてんと首をかしげた白銀の君に、デルフィーナはうなずく。

「はい。とても美味《おい》しかったです」

「いや、味の感想はどうでもいいのだが……お菓子とな？　なんだ、その間抜けな食《く》い方は。……いやいや、そうではない。おまえ、そのドラゴンの雌《めす》が、繁殖期の直後だったと言ったか？」

白銀の君が、急に真剣な様子になった。

デルフィーナが再びうなずくと、白い仔犬の姿をした契約魔獣は、ひとつため息をついてエルネストを見る。

「エルネスト。この娘が食った卵の産み主は、おそらく地の属の女王だ」

「……女王？　地の属のドラゴンたちの、頂点に立つ個体ってことか？」

軽く眉根を寄せた彼に、その契約魔獣はため息交じりに言う。

「あぁ、そうだ。昨年の今頃、地の属の女王が繁殖期に入ったと聞いた。ドラゴンの繁殖期は、丸一年。そして、女王の繁殖期が終わった翌年から、ほかの雌《めす》たちが繁殖期に入る。この時期、無精卵を抱えていた地の属のドラゴンは、女王だけだ」

そう告げた白銀の君が、ぴこっと耳を揺らす。

「それにしても、女王の無精卵を食ったとはな。道理で、やたらと純粋な地の属の魔力だと思ったわ。――デルフィーナ。おまえの推察通りだ。おまえの髪と目の色が変わったのは、ドラゴンの魔力の影響に違いない」

白銀の君曰《いわ》く、純粋な地の属のドラゴンは、みな黒い鱗《うろこ》に緑の目をしているのだとか。そして、彼らが人の姿に変じたときには、今のデルフィーナと同じ黒い髪に緑の瞳になるという。

それが体内魔力の属性による影響だというなら、デルフィーナの髪と目が変色してしまったのも、納得できなくもない。

「そうなのですか。……あの、白銀の君。これは、どれくらいで元に戻るものなんでしょう？」

とはいえ、こんな見た目で家に帰っては、家族に驚かれてしまう。できれば、早めに元の色に戻したいところだ。

白銀の君は、再びデルフィーナを見つめると、静かに言った。

「わからぬ。これほどまでに、ドラゴンの魔力がおまえの体に定着していてはな……。そのボロボロになった服からして、おまえは召喚陣でこの王宮に現れた直後に、塔におった魔導士どもから総攻撃を食《く》らったのだろう？」

ドラゴンの炎が、その肉体や身につけているものを傷つけることはないらしい。デルフィーナの服を無残な有様《ありさま》にしたのは、魔導士たちの攻撃のようだ。

「は、い……」

あのときの恐怖は、思い出したくない。青ざめながらうなずいた彼女に、白銀の君は痛ましそうな口調で続ける。

「おそらくおまえは、そのとき一度死にかけた。そして、ドラゴンの卵の魔力が、宿主であるおまえを生き長らえさせようと暴走した。……その結果が、今のおまえだ」

何事もなければ、デルフィーナが食べたドラゴンの卵の魔力は、時間の経過とともにそのほとんどが抜けていたはずだった。

だが、ドラゴンの召喚陣を発動させた者たちが彼女を攻撃し、瀕死《ひんし》の重傷を与えた結果、卵の魔力が暴走し――デルフィーナの体を、人間でもドラゴンでもない生き物に変えてしまったのだ。

そう告げ、小さく息をついた白銀の君が言う。

「気の毒だとは思うが、デルフィーナ。正直なところ、我にはどうしようもない」

「……え？」

どうしようもない、というのは、どういうことだ。

いやな予感に襲われ、背筋がざわつく。

「我は今まで、このような形でドラゴンの魔力を取り込んだ人間など、見たことがないのだ。地の属の女王ならば、おまえに同化した魔力を、どうにかして取り除けるかもしれんが……」

自信なさそうに言う白銀の君に、デルフィーナは呆然と言葉を返した。

「……あのドラゴンさんは、不器用なんだそうです」

「なんだと？」

白銀の君が、ぴしりと耳を立てる。

「もし彼女が、わたしの心臓から無理やり魔力を引きはがそうとしたら、心臓をキュッと握《にぎ》りつぶしてしまうかもしれない。――そう、ご自分で言っていました」

「……キュッとか」

重々しい口調で繰り返し、仔犬の姿をした魔獣はしょんぼりとうなだれた。

「それは、難しいところだな……」

「わたし……キュッとされるのは、いやです」

なんだかそれは、ものすごく苦しい死に方になりそうだ。デルフィーナは白い魔獣と同じくうなだれる。

そこで、それまで黙って話を聞いていたエルネストが口を開いた。

「デルフィーナ。おまえを召喚した魔導陣を構成したのは、以前この城にいた魔導士だ。魔導陣を発動させなければ、おまえがここに呼び出されることも、魔導士たちに攻撃されてそんな体になることもなかったはずだ」

エルネストは、深く頭を下げた。

「本当に、すまない。本来なら、何を置いても、おまえを元の体に戻す手立てを探すべきなんだが……今すぐに取りかかるのは難しい。魔獣の暴走の件を、覚えているか？」

「あ……はい」

なんだかいろいろなことが一気に起こりすぎて、何にどう反応したらいいのかわからなくなってきた。

それでも、どうにかエルネストの問いにうなずく。こんな状況ではあるけれど、魔獣の暴走というインパクトの強すぎる事件のことは、忘れようがない。

「あれの原因となっていた魔導士が、この国の魔導研究所の所長だった野郎だ。名前は、カーティス・イーズレイル。こいつが、おまえを巻き込んだドラゴンの召喚陣を、さっきの塔に設置していた。今どこにいるのかはわからねぇが、やつは魔獣の完全支配を目論《もくろ》んでいるらしい」

「魔獣の完全支配……？　そんなことが、人間の魔導士にできるんですか？」

その疑問に答えたのは、白銀の君だった。

「族長レベルの連中を支配するのは、さすがに無理だろうな。だが、喧嘩《けんか》っ早《ぱや》い阿呆《あほう》な若造ならば、もしかしたら可能かもしれん」

「他人事みてぇに言ってんなよ。おまえの眷属《けんぞく》がそんなことになったら、どうする気だ？」

エルネストの問いかけに、白銀の君はフン、と鼻を鳴らす。

「そんな救いようのない阿呆《あほう》なんぞ、どうなろうと知ったことではない。その魔導士が死ぬまでの間、使い走りでもなんでもさせられておるといいわ」

「……あぁ、なるほど。おまえらにとっちゃあ、イーズレイルが寿命で死ねばそれまでなんだもんな。道理で、全然危機感がねぇと思った」

魔獣の寿命は、とてつもなく長いという。

彼らにとって、人間の一生ぶんの時間を奪《うば》われるというのは、屈辱《くつじょく》には違いないのだろう。だが、その当事者以外の者にとっては、さほど大騒ぎするような問題ではないのかもしれない。

白銀の君が、後ろ脚で耳の辺りを掻きながら言う。

「まぁ、万が一にも我《わ》が孫たちに手を出そうものなら、三枚に下ろしてタタキにしたあと、ウジ虫どものエサにしてやるがな」

「ウルシュラ。こいつの前で、あまり生々《なまなま》しい話をするんじゃねぇ」

顔をしかめて契約魔獣をたしなめたエルネストが、デルフィーナに向き直る。

「デルフィーナ。イーズレイルは、あと一か月足らずで魔獣の支配を完成させると言っていた」

そんなことになったら、この国どころか大陸中が、イーズレイルの思いのままになってしまうかもしれない。

だから、とエルネストは彼女に詫《わ》びた。

「すまねぇ。おまえが元に戻る方法を探すのは、イーズレイルをどうにかしたあとにさせてほしい」

長い寿命を持つ魔獣と違い、人間たちにとって『魔獣の完全支配を成功させた魔導士』の存在は、社会そのものを根底から破壊しかねない、一大事だ。

そんなことになれば、デルフィーナの家族だって、今までのように平穏に生きていける保証はない。

エルネストの言う通り、今は何よりもまず、そのはた迷惑な魔導士をどうにかしなくてはなるまい。

デルフィーナは、うなずいた。

「わかりました、エルネストさま」

「そうか。恩に着る。……デルフィーナ。悪いが、状況が落ち着くまで、おまえを家に帰すのは難しいと思う」

苦渋に満ちた口調で、エルネストが言う。

「こっちから連絡を取るのも、やめておいたほうがいい。王城の連中に、おまえの家を知られちまう危険がある」

——彼の母親が、家族を人質にされて国王の側室になったという話を、思い出す。

エルネストの素顔を見れば、彼を産んだ女性がとても美しい人だったというのは、想像に難《かた》くなかった。

当時、この王城で何があったのか、デルフィーナにはわからない。けれど、王族や貴族の婚姻が、利害関係によって成立しているということは、なんとなくだが理解している。

それはつまり、エルネストの母親である女性が、ただ美しいだけではなく、国王に無理やり召し上げられるほど、利用価値が高い人物だったということだ。

王城の内情に詳しそうな彼が、デルフィーナの家族の安全について、これほど気にかけるということは——

そこまで考えたところで、デルフィーナは思考を止めた。なんだか、非常にいやな結論に辿《たど》り着きそうだ。

彼女はしばし迷った末に、一呼吸置くと、おそるおそるエルネストに問いかけた。

「あの、エルネストさま。もしかして、その……今のわたしは、王城の方々にとって、何か利用価値があったりするのでしょうか？」

「……あぁ。魔導に縁のなかったおまえには、理解できねぇ世界だろうがな。権力に酔った連中や、魔導におぼれた連中ってのは、何をしでかすかわからねぇ。イーズレイルなんか、人の顔を見るたび『解剖したい』とかぬかすような変態野郎だ」

そして、そういった変態的な魔導士は、イーズレイルだけではない。

ほとんどドラゴン一体ぶんの魔力を保持してるデルフィーナを手に入れたがる魔導士は、掃いて捨てるほどいるだろう。

真顔でそう応じた彼に、デルフィーナは内心『ひー！』と悲鳴を上げた。

さすがは、魔獣を完全に支配したいなどと考える魔導士だ。頭のネジが、軽く何本か飛んでしまっているらしい。

（……いやいや。そういった変態的な言動が、魔導士の方々にとっては珍しくないって、エルネストさまは言ってるわけで。それでもって、この王城は、王国中から優秀な魔導士たちが大勢集まる場所。ってことは、つまり――）

――ここには、魔導士という肩書《かたがき》を持つ変態が、大勢いるということになりはしないだろうか。

ぞわっと鳥肌が立った。

デルフィーナは、泣きそうになりながら再びエルネストに問いかける。

「解剖されるのは、いやです。この国の魔導士は、そんな変態ばかりなんですか……？」

彼は躊躇《ちゅうちょ》なくうなずいた。

「さすがに全員じゃねぇだろうが、ほかの職業に比べて頭のおかしな変態野郎が発生する確率は、かなり高いと思う」

「そう断言なさる根拠は……いえ、すみません。よけいなことを聞くところでした」

変態的な世界には、あまり深入りしたくない。

デルフィーナは、戦略的撤退《てったい》を選択した。

しかし、彼女の発言を遠慮と受け取ったのか、エルネストが話を続ける。

「オレがガキの頃に、暗殺しにきた魔導士の話なんだが……。そいつは、オレを捕《とら》えたらどういうふうに拷問《ごうもん》して犯《おか》して殺してから、死体をどんな魔導の実験材料にするつもりなのかを、事細かに説明しはじめたぞ。暗殺を依頼されるような魔導士には、そういう嗜虐《しぎゃく》趣味の変態が三人にひとりはいたな」

エルネストは、この大陸でもトップクラスの魔力適性の持ち主だ。そんな彼を、幼く魔力の扱いが未熟なうちに殺してしまおうとする反国王派の貴族や、非人道的な人体実験に使おうと目論《もくろ》む魔導士が、後を絶《た》たなかったらしい。

（いーやあぁあああーっ！）

デルフィーナは両手で耳を塞《ふさ》ぎ、ぷるぷる震える。

エルネストが困惑した様子で首をかしげる。

「何か、いけなかったか？　具体的な話は、若い娘にはさすがにキツいだろうから、避けたつもりだったんだが……」

「概要だけでも、充分イヤすぎです！　っていうか、小さな頃にそんなひどい経験をされたなんて、エルネストさまがお気の毒すぎて……っ」

他人事ながら、泣けてきた。

デルフィーナが目を潤《うる》ませると、エルネストは慌てたふうに身をかがめる。

「な……泣くな。困る」

「泣いてませんっ」

涙がこぼれるのを我慢しきった彼女の涙腺は、ギリギリセーフだ。

しかし、幼少期のエルネストが出会ったという魔導士たちは、完全にアウトだろう。

（魔導士、怖い。魔導士、怖い。魔導士、怖い）

『魔導士は、変態さんの集団です』という認識が、デルフィーナの中で成立しかける。

そのとき、ふたりの足元でいつの間にか『伏せ』をしていた白銀の君が、あくび交じりに言う。

「デルフィーナ。こやつの言うことだけを聞いて、魔導士のすべてをおかしなものだと判断するのは、早計というものだ。何しろこの小僧は、よくぞそこまでと感心するほど、変態に目をつけられやすいからなぁ」

「しみじみと言ってんじゃねぇ」

エルネストがムスッとするが、白銀の君はまったく気にした様子がない。

「世の中には、世のため人のために日々精進している魔導士も、大勢いる。デルフィーナ。おまえとて、そういった魔導士たちが作った便利な魔導具を使ってきたのだろう？」

「……はい」

言われてみれば、その通りである。

デルフィーナの家でも、照明や通信、暖房や保冷など、たくさんの魔導具を使っていた。あれらはみな、どこかの真面目な魔導士たちが、一生懸命作ってくれたものなのだ。

感謝すべき魔導士たちまで、頭のおかしい変態呼ばわりしては、罰《ばち》が当たってしまう。

（世の中に数多《あまた》いらっしゃる、善良で勤勉な魔導士のみなさん。恩義あるみなさんに対し、おかしな疑惑を抱《いだ》いたりして、本当に申し訳ありませんでしたー！）

デルフィーナは、深く反省した。

そんな彼女に、白銀の君が言う。

「話を戻すぞ、デルフィーナ。おまえは、少なくともイーズレイルの件が落ち着くまでは、家に帰ることはないのだな」

「そう、ですね……」

ままならない現状を思い出し、デルフィーナはうなだれる。

落ち込んだ彼女の様子を見た白銀の君が、フスン、と鼻を鳴らす。

「仕方がない。我《わ》が子が突然消息を絶《た》てば、母の嘆《なげ》きはさぞ深かろう。家族に向けて、手紙でも書くがいい。我が、届けてきてやろう」

「ほ……っ、本当ですか⁉」

ありがたい申し出に、デルフィーナは喜色を浮かべる。

白銀の君は、鷹揚《おうよう》にうなずいた。

「うむ。我の娘もまだ幼かった頃、一度行方《ゆくえ》不明になったことがあってなぁ……。あのときは、尻の辺りがハゲるほど心配したものだ」

しみじみと言う白銀の君に、エルネストが問う。

「おまえの娘は、なんで行方《ゆくえ》不明になったりしたんだ？　この大陸に、白天狼の幼体を攫《さら》うような命知らずがいたとも思えねぇが」

「うむ。なんでも、珍しい蝶《ちょう》を見つけて追いかけているうちに、足を滑《すべ》らせて崖《がけ》から転《ころ》げ落ちてしまったらしいのだ」

偉大なる魔獣の子どもでも、不注意で周囲に心配をかけてしまうのは、人間と変わらないらしい。

デルフィーナも、父に山の歩き方を学びはじめたばかりの頃、何度も襟首《えりくび》を掴《つか》まれ、『……少し、落ち着け』と言われたものだ。

白銀の君は、尻尾でぺしぺしと床を叩きながら続ける。

「その崖《がけ》の下には、冬眠中の蛇たちが数えきれんほどのたくっておってなぁ。気をつけるようにと常々言っていたのだが……。『蛇の池で泳ぐのが楽しかった』などと無邪気な笑顔で言うものだから、我《わ》が娘ながら、まったくどうしてくれようかと思ったわ」

（ひー……！）

デルフィーナは全身に鳥肌を立てて青ざめた。

山育ちの彼女は、蛇の類《たぐ》いが特に苦手というわけではない。

しかし、大量の蛇がうねうねと一か所に集まっているところを想像すると、さすがに生理的に受け付けなかった。

そんなところにダイブして、のたうつ蛇たちに身を委《ゆだ》ねるなど、断じて御免被《ごめんこうむ》りたい。

一方のエルネストは、なんでもなさそうに言う。

「そういうことか。なんにせよ、おまえがデルフィーナの家に連絡をつけてくれるのは、助かる。――デルフィーナ。わかっていると思うが、おまえがこの城にいることは、家族への手紙には書くんじゃねぇぞ」

「はい、エルネストさま」

素直に答えたものの、デルフィーナの所在が不明なままでは、どうしたって家族は心配してしまうだろう。

彼女は、エルネストが用意してくれたレターセットを前に、しばし悩んだ。

（……よし。うちのみんなは、わたしがドラゴンさんの卵を食べたことを、知ってるわけだし。ちょびっとだけ、話をゆるめに解釈できるようにごまかしておこう。心配はされるだろうけど、あんまり大騒ぎされずに済むかもしれない！）

そして彼女は、『こんなわけのわからない事態に、絶対に家族を巻き込まないぞ』という決意のもと、一通の手紙をしたためた。

――親愛なるお父さん、お母さん、お兄ちゃん。

わたしは今、ドラゴンさんの卵を食べたことが原因で、少し遠いところにいます。怪我はしていませんし、元気です。でも、家に帰るのは遅くなりそうです。たぶん、一か月以上は先になると思います。

そこで、お父さんとお兄ちゃんにお願いがあります。『春告げキノコ』の旬が終わる前に、うちで食べるぶんだけでいいので、採《と》ってきてくれると嬉しいです。お母さん、帰ったら『春告げキノコ』のミルクシチューを作ってください。

心配かけて、ごめんなさい。

愛をこめて。　　　　　　　　　　　　デルフィーナ――

第五章　キレてしまいました

デルフィーナが書いた手紙を携《たずさ》え、もふもふの白い仔犬――もとい、エルネストの契約魔獣が姿を消すと、エルネストは小さく息を吐いた。

今のデルフィーナにとって、彼は唯一信頼できる相手である。

まだ何か気がかりがあるのだろうかと不安に思っていると、エルネストはゆるりと首を横に振った。

「……なんでもねぇ。気にするな」

その声はいつも通りの淡々としたものだが、妙に引っかかる。

家族への手紙を白銀の君に託した以上、ひとまずデルフィーナにやるべきことはなくなった。

そして彼女の取り柄《とりえ》は、どんなことでも一度受け入れてしまえばそれ以上はぐだぐだと悩まない、開き直りのよさである。

(ちょっとおなかが減ってるけど、我慢できないほどじゃないし。っていうか、エルネストさま！今さらですが、よくそんな今にも倒れそうな顔色で、平気で立ってらっしゃいますね!?)

いくら自分のことでいっぱいいっぱいだったとはいえ、すぐそばにいる相手の不調に気づかなかったとは、まったく情けない。

デルフィーナは、慌てて立ち上がった。

「エルネストさま！　気分が悪いのですか？　先ほどわたしを助けてくださったときに、やっぱり何か――」

「違う。おまえのせいじゃねぇ」

彼女の懸念《けねん》は即座に否定されたが、エルネストの顔色の悪さは変わらない。

――デルフィーナのせいではない、ということは、ほかに原因があるということだ。そして、彼はそれを知っている。

デルフィーナは、一体どこが悪いのだろうと考えながら、改めて彼を見た。

そういえば、はじめて会ったとき、彼は両目を包帯でぐるぐる巻きにしていた。目の辺りに傷跡の類《たぐ》いは見えないけれど、もしかしたら大きな怪我をしたあとなのかもしれない。

そのとき、ふと奇妙な感覚を覚えた。

たぶんこれは、彼女がドラゴンの卵の魔力を己《おのれ》のものにしたからこその感覚だ。それに導かれるように、彼女はエルネストの左手首を見た。

（なんか……やだ）

あそこに、何かいやなものがある。

――とても、いやなもの。エルネストを苦しめる、何か。

デルフィーナは、無意識にそれに手を伸ばした。

「おい？」

彼は訝《いぶか》しげな声をこぼし、半歩下がる。

「……エルネストさま。左手に、何をつけているんですか？」

デルフィーナの問いかけに、彼は答えない。おそらく、言いたくないことなのだろう。

けれど、ダメだ。

そこにあるものに、これ以上エルネストを苦しめさせるのは、断じて許容できない。

「それは、ダメです。とても、よくないものです。わたし、壊しますから、見せてください」

デルフィーナは懇願《こんがん》するが、エルネストは数秒押し黙ってから、首を横に振った。

「デルフィーナ。たしかにここにある腕輪は、おまえの言う通りよくねぇものだ。オレの魔力を吸い取ってる。ただこれは、イーズレイル——例の、魔獣の完全支配を目論《もくろ》んでる魔導士が造ったモンなんだ。下手に手を出せば、どんなえげつないトラップが作動するかわからねぇ。だから、気持ちだけ受け取っておく」

「そんな……」

デルフィーナは、へにょりと眉を下げる。

せっかく、自分の体に宿ったドラゴンパワーを有効活用できると思ったのに——

（たとえどれほど立派な力でも、使えないなら無用《むよう》の長物《ちょうぶつ》ってことか……）

この世界は、不器用な者には少々厳しくできているのかもしれない。

改めて世間の厳しさを知り、デルフィーナはしょんぼりと肩を落とす。

——そのとき、エルネストが、すっと立ち位置を変えた。建物の入口のほうに視線を向けたまま、彼女を背後に隠したようだ。

エルネストが、低い声で言う。

「さっき、オレが空で言ったことを覚えているな？　デルフィーナ」

「……はい」

彼が、空を飛びながら教えてくれたこと。

――この王城では、絶対に誰も信じてはいけない。

つまりここには、エルネストにそんな悲しいことを言わせるような人間しかいないということだ。

デルフィーナは、きゅっと唇を噛《か》む。

（エルネストさまは、こんなに優しい方なのに）

自分の中にあるドラゴンの力に翻弄《ほんろう》され、恐怖に震えてうずくまっていた彼女に、彼はためらうことなく手を差し伸べてくれた。そして、自分の傷をデルフィーナに晒《さら》してまで、彼女の家族を守ろうとしてくれている。

どうしてこの王城には、こんなにも優しい彼に寄り添ってくれる人が、ひとりもいないのだろう。

デルフィーナが無意識に両手を握《にぎ》りしめたとき、やたらと張りのある大きな声が聞こえてきた。

「おい、平民！　いるのだろう、さっさと出てこい！」

無礼すぎる呼びかけに、デルフィーナは顔をしかめる。

しかし、エルネストはなんとも思っていない様子で振り返ると、いつも通りの口調で言う。

「王太子だ。ちょうどいいから、あいつに話を通してくる」

「……王太子殿下、ですか」

デルフィーナの胸に、『この国のエラい人ランキング、間違いなく上位にランクインのお方が来よったー！』という恐怖感と、『なんでこんな失礼な人が、この国の王太子なんだろう』というガッカリ感が、同時に湧き起こる。

いずれにしても、未来の国王陛下となれば、しがないキノコハンターであるデルフィーナが、やすやすとお目にかかれる相手ではない。

彼女が素直にうなずくと、エルネストはまるで不調を感じさせない足取りで扉の外へ出ていった。

（うーん……。話を通すって、つまりわたしのことを王太子殿下に説明するってことだよね。一体、どんな説明の仕方するのかな）

気になって扉のほうを見ていると、突然エルネストと王太子の声が鮮明に聞こえてきた。

デルフィーナは、驚きに目を丸くする。咄嗟《とっさ》に耳を塞《ふさ》ぐと、彼らの声は聞こえなくなった。

（……おぉ？）

もしやと思い、再びエルネストのいる方向へ慎重《しんちょう》に意識を向ける。今度は、王太子と話す彼の声が、少しずつはっきりと聞こえてきた。

ドラゴンの魔力を取り込んだ彼女の耳は、人間だった頃とは比べ物にならないほど高性能になっているようだ。意識の切り替えで、聞き取れる音の範囲をコントロールできる。これは、便利だ。

その音声からすると、どうやら、王太子はひとりでやってきたわけではないらしい。

呼吸の音が、全部で十二。そのうち、しゃべっているのはエルネストと王太子のふたりだけだ。

エルネストは、デルフィーナの状態についておおまかに説明したあと、『彼女はショックのあまり記憶障害を起こしており、覚えているのは自分のファーストネームだけらしい』と付け加えている。

デルフィーナは、感心した。

(そっかぁ。わたしが自分の名前以外、何も覚えていないことにしておけば、王城の人たちから何を聞かれても『覚えてません!』の一言で突っぱねられるってわけだね)

エルネストは、いつも通りの淡々とした口調で続ける。

「諜報部《ちょうほう》にも言いましたが、彼女を保護したのは自分です。彼女が記憶を取り戻すまで、自分の庇《ひ》護下《ごか》に置きます。口出しは、一切しないでいただきたい」

言葉遣いこそ丁寧だが、言っている内容は結構強気だった。

王太子が、苛立《いらだ》たしげに応じる。

「人間の娘が、ドラゴン一体ぶんの魔力を取りこんだ? バカも休み休み言え」

「そう言われましても、彼女の状態を検分したのは自分の契約魔獣ですので。文句があるなら、あちらに言ってください」

エルネストは、自分の契約魔獣に責任を丸投げした。

チッと舌打ちした王太子が、一層声を荒らげて言う。

「では、その娘とやらを見せてみろ!」

「お断りします。彼女は、魔導研究所を不用意に探索した魔導士たちの、愚《おろ》かな行動の被害者だ。

これ以上彼女を傷つける権利は、我々にはない」

(我々、って……)

デルフィーナは悲しくなった。

彼女にとって、エルネストは自分を救ってくれた恩人だ。

それなのに彼は、自身のことを王城側の人間——加害者なのだと認識している。だからエルネストは、被害者であるデルフィーナに、こんなにも親身になって優しくしてくれるのだろう。

……そんなふうに、彼が自分を責める必要なんて、どこにもないのに。

デルフィーナは、しゅんとした。

一方、エルネストに自分の要請を断られた王太子は、激高《げきこう》したようだ。

「私の命令に、逆らう気か!?」

「そうですね。王太子殿下、ここを通りたいのでしたら、力尽くでどうぞ。なんでしたら、そちらの護衛の方々とご一緒でも構いませんよ」

エルネストが、王太子に喧嘩《けんか》を売った。

しかも、暗に『たとえ多勢に無勢でも、自分があなた方に負けることは絶対にありえませんので、どうぞご自由に』と嘲笑《あざわら》うような、売られたほうがものすごく腹立たしくなる煽《あお》りようだ。

庶民のデルフィーナには、彼らの力関係がまるでわからない。けれど、王城における身分で言うなら、エルネストよりも次期国王である王太子のほうが、間違いなく上のはずだ。

なのに、どうしてエルネストはこんなに強気なのだろう。

それに、今の彼は、イーズレイルとかいう変態魔導士が造った腕輪のせいで、とても体調がよくないのである。あんな状態で、護衛を大勢連れた王太子に喧嘩《けんか》を売って、本当に大丈夫なのだろうか。

不安になったデルフィーナは、よし、とうなずいた。

(王太子殿下は、突然お城に飛びこんできた不審人物を、ご自分で確認したいってことなんだろうし。だったら、わたしが一言ご挨拶《あいさつ》すれば済む話……うぅっ。想像しただけで、お腹が痛くなってきた)

彼女にとって、王太子などという存在は、まさに雲上人《うんじょうびと》。ほんの少し前まで、一生相対《あいたい》することがないと思っていた相手だ。

それを言うなら、王族の一員であるエルネストもそうなのだが、デルフィーナの中で彼はすでに『とてもいい人』と認定されている。エルネストに対し、彼女は感謝の気持ちとともに、素直に敬愛と親愛の情を抱《いだ》いていた。

一方、王太子はエルネストに対する態度からしても、『いい人』からはほど遠い人物であるように思える。

できることなら、ご挨拶《あいさつ》するのは遠慮しておきたいところなのだが――

「この、愚弟《ぐてい》が……! 私に向かって、よくもそんな口がきけたものだな!」

「魔導研究所の総責任者は、あなたでしょう。この場で地面に額《ひたい》を擦《こす》りつけて、心から彼女に詫《わ》びたいというなら、お通ししても構いませんよ」

（ひー！）

——エルネストが、とんでもないことを言い出した。

しかもなんだか本気っぽいのが、ものすごく怖い。

恐怖のあまり、デルフィーナの思考が一瞬、明後日《あさって》の方向へ飛んでいく。

（自分のせいで、高貴な王子さま方が一触即発《いっしょくそくはつ》の状態っていうのは——字面《じづら》だけ見ると、どこかの少女向け恋物語のワンシーンみたいだなぁ）

おまけに『やめて！　わたしのために争わないで！』という古典的なセリフが脳裏に浮かび、彼女は腰が砕けそうになる。

あやうく噴き出しそうになったけれど、今は愉快な妄想《もうそう》で笑っている場合ではない。

デルフィーナは、エルネストの上着の前をしっかり重ね合わせ、両手で押さえる。

上着の丈《たけ》は、ギリギリ膝上のスカート状態だ。靴は履いていないし、本来ならば高貴な方の前に出られる格好ではない。

しかし、すでにこの姿をエルネストに晒《さら》しまくった彼女は、だいぶ感覚が麻痺《まひ》していた。ふたりの争いを止めなければという焦りもあって、ささやかな問題は思い切りよく『えいや』と放り投げる。

デルフィーナは、扉の陰からコソッと顔を出した。

「あの……エルネストさま。大丈夫、ですか？」

その直後、辺りが静まり返る。

異様な雰囲気に怖気《おじけ》づき、デルフィーナは顔を強張《こわば》らせてエルネストを見た。

「エルネストさま……？」

「大丈夫だ。この離宮はどこでも好きに使っていいから、おまえは少し休んでろ」

いくら家主にそう言われても、自分のせいで大変な喧嘩《けんか》が勃発《ぼっぱつ》しそうだというのに、のんびり休んでいられるわけがない。

デルフィーナは、ぎこちなく扉の前を見回した。

エルネストの正面に立つ青年が、おそらく王太子だろう。先ほどエルネストを弟だと言っていたから、王太子のほうが年上らしい。

少しクセのある金髪に、エルネストの右目と同じコバルトブルーの瞳が印象的な美青年だ。

目鼻立ちのはっきりした派手な風貌《ふうぼう》と、黙っていても醸《かも》し出される傲岸不遜《ごうがんふそん》な雰囲気が、いかにも王族という感じである。

護衛らしき人物の姿は、今のところ目視できない。呼吸音は減っていないので、護衛たちはどうやら物陰に身を潜《ひそ》めているようだ。

なんとなくその方向を流し見てから、デルフィーナは再びエルネストを見た。

「エルネストさま。しばらくここでお世話になるなら、みなさんにご挨拶《あいさつ》させていただきたいです」

とりあえず、王太子たちにデルフィーナが人畜無害《じんちくむがい》な生き物であることを確認してもらえば、ひとまず場が収まるのではないだろうか。

そんな彼女の提案にエルネストが答えるより先に、顔を真っ赤にした王太子がひっくり返った大声を上げる。

「こ……の、平民がぁあああーッ!!　若い娘に、なんと破廉恥《はれんち》な格好をさせておるかーッッ!!」

(は……破廉恥《はれんち》？)

デルフィーナは、目を丸くした。

今彼女が身につけているのは、ボロボロになった自分の服と、エルネストの上着だけだ。

しかし、庶民のスカートならば、これくらいの丈《たけ》のものはいくらでもある。村の川で水遊びをする際など、もっと上までスカートをたくし上げて遊んだものだ。

上半身は完全に隠れているし、彼女の感覚では、破廉恥《はれんち》とまで言われるような格好ではない。

デルフィーナは少し悩み——ぱっと閃《ひらめ》いた。

(あぁ！　この状態だと、もしかしたら上着の下が裸みたいに見えるのかもしれないな！　それは、たしかに破廉恥《はれんち》だ！)

村の友人の影響で若干耳年増《じゃっかんみみどしま》なデルフィーナは、今の自分の格好が、いわゆる『裸エプロン』の類型に見えるのではないかと推察した。

もしエルネストが自《みずか》らの趣味で、デルフィーナにこんな格好をさせていると思われたのだとしたら、とんでもない誤解である。

デルフィーナは、青ざめた。

「あの、違います！　この城に来た直後に、わたしの服は魔導士さまたちにボロボロにされてしまったんです！　エルネストさまは、それを見かねて、上着を貸してくださっただけです！」

その説明に、首まで真っ赤にしていた王太子が、さっと表情を強張《こわば》らせる。

「あいつらが……そなたの服を、ボロボロにしただと……？」

「はい！」

正確に言うなら、完全に殺すつもりで攻撃された結果、デルフィーナの服が悲惨《ひさん》なことになってしまった――だ。

しかし、今はそんな細かい話はどうでもいい。エルネストに対する誤解が解けそうだと感じ、デルフィーナはほっとした。

そこで、大事なことに気がついたという様子でエルネストが言う。

「そうだな。おまえがここにいる間、オレの個人資産を自由に使えるよう手配しておく。毎日、食事の用意や掃除なんかをしに使用人がここへ来るから、欲しいものがあったらそいつらに言え」

一瞬、『とんでもない！』と辞退しそうになったけれど、今の彼女は無一文《むいちもん》の宿なしだ。

ひとまず彼の厚意《こうい》に甘えることにして、デルフィーナはうなずいた。

「あの……お世話になったぶんは、いずれきちんとお返ししますので。とりあえず、普段着るものと靴をお願いしたいです」

まっとうな衣服というのは、人としての尊厳を維持するためには、絶対に必要なものである。このままでは、いつ誰に破廉恥《はれんち》呼ばわりされてしまうかもわからない。

うなだれた彼女に、王太子が慌てて言い募《つの》る。

「いや！　そなたの服を使い物にならなくしたのは、私の部下なのだろう。そなたの新しい服もそのほかの必要なものも、すべて私が用意する！」

（うひー！）

その申し出に、デルフィーナは蒼白《そうはく》になった。

エルネストに当座の生活費を借りるのさえ心苦しいのに、王太子とそんな貸し借りをするなど、恐れ多いにもほどがある。

彼女は、思わずエルネストを縋《すが》るように見た。

「わ、わたしは……エルネストさまに、お願いしたいです」

「わかった。――王太子殿下。彼女は、自分の庇護下《ひごか》にあると言ったはずです。よけいな干渉《かんしょう》は、遠慮していただきたい」

冷ややかに告げたエルネストに、王太子がぐっと詰まる。

「あぁ、それから。好色なあなたが、面白半分に彼女を召し上げようとなさるなら、自分はあなたを殺します」

「な……っ」

あまりに物騒な物言いに反応してか、護衛たちの潜《ひそ》んでいる辺りが殺気立った。

デルフィーナは思わず後ずさりかけたが、ぐっと奥歯を噛《か》んで踏みとどまる。

たとえ誰であろうとも、エルネストを害するなど絶対に許すわけにはいかない。

（エルネストさまは、とても体調が悪いんだから。もし、王太子殿下の護衛の方たちが何かしてきたら……。だ、大丈夫！　今のわたしの体は、ものすごく頑丈なはずだから！　さっきくらいの攻撃なら、エルネストさまの盾になれる！　たぶん、きっと！）

両手をきつく握《にぎ》りながらそんなことを考えていると、エルネストの低く静かな声が響く。

「保護していたときに身につけていたものからして、彼女はおそらく平民です。……自分はもう二度と、この王城で母のように不幸な女性が生まれることを許さない。それだけは、お忘れなきよう」

そう宣言し、エルネストはデルフィーナを振り返る。

「まぁ、もしおまえ自身が、殿下の側室になりたいと望むなら――」

「絶対、イヤです!!」

今のデルフィーナに王家の人間が求婚するとしたら、それは間違いなくドラゴンの力が目的に決まっている。

エルネストの母の悲劇を聞いていなかったとしても、そんなうすら寒い縁談は、断固として遠慮させていただきたい。

青ざめたデルフィーナは、ぶんぶんと首を横に振った。

エルネストが、彼女を安心させるようにうなずいて言う。

「わかった。これから、おまえの意思を無視して何かさせようとするやつがいたら、オレに言え。おまえに、人は殺せねぇだろうからな。オレが、代わりにやってやる」

さっきから、彼の言うことが妙に血腥《ちなまぐさ》い。

デルフィーナは、へにょりと眉を下げた。

「いえ、エルネストさま。そんな物騒なお話にしなくても、いやなことは普通にお断りさせていただきますから、大丈夫です」

もしかすると、エルネストは体調が悪くなると好戦的になるタイプなのかもしれない。

デルフィーナは彼の手を、できるだけそっと掴《つか》んだ。

万が一にも、力加減を間違って握《にぎ》りつぶしてはならない。内心、少しばかり緊張しながら、彼女は口を開く。

「あの、ですね。エルネストさま。エルネストさまが、今のわたしの状況を、昔のお母さまと重ねて見てしまうのは、わかります。わたしだって、好きでもない男性と無理矢理結婚させられるなんて、絶対にいやです。……でもそれは、エルネストさまが責任を感じるようなことじゃ、ないんですよ」

エルネストが、わずかに目を見開く。

デルフィーナは、重ねて言った。

「エルネストさまは、わたしを助けてくれました。とても、優しくしてくださった。元の体に戻る方法を探すと、言ってくれました。それだけで、充分です。わたしは……わたしのことで、エルネストさまがつらい思いをするのは、いやです」

周囲から殺気を向けられる恐ろしさを、彼女は先ほど知ったばかりだ。

あんなもの、もう二度と経験したくない。

けれどエルネストにとっては、いちいち動揺するようなことではないのだろう。だから彼は、王太子の護衛たちからこれほどの殺気を向けられても、眉ひとつ動かさなかった。

……こんな状況に、慣れてしまっているのだ。

それが、悲しい。悲しくて、胸が痛む。

デルフィーナは、エルネストの手を軽く引いた。

「とりあえず、少し休んでください。エルネストさま。顔色、本当によくないです」

今、この国ではとても深刻な問題が起きている。

けれど、これほど体の具合が悪いエルネストが、対処に当たる必要なんてない。

動くとしたら、元気があり余っているデルフィーナだ。

もしイーズレイルが魔獣の完全支配を成功させてしまったら、彼女の家族とて無事でいられる保証はないのだから。

彼女が何をしたところで、優秀な魔導士であるエルネストの働きの、足元にも及ばないだろう。

けれど、今のデルフィーナは、半分ドラゴンのようなものである。おそらくその気になれば、ちょっとした岩くらいなら平気で持ち上げられる。

小難しい魔導を使わなくても、重たい荷物をホイホイ運べるというのは、それなりに役に立てるのではないかと思うのだ。

(……いや、今の状況で、荷物運びがどんだけ必要かって言われたら、ちょっと困るんだけど。いないより、少しはマシなんじゃないかな。ホラ、枯れ木も山の賑《にぎ》わいと言うし！)

若干自虐的《じゃっかんじぎゃく》になりかけたデルフィーナに、エルネストが何か言いかけたとき、王太子が居丈高《いたけだか》に口を開いた。

「はっ！　魔力保有量しか取り柄《とえ》のない平民が、体調管理もできずにその有様《ありさま》か！　それでよく、彼女を保護するなどと偉そうに言えたものだな！」

こんなにも気分が悪そうな人間を相手に、なんてことを言うのだろう。

デルフィーナは驚き、次《つ》いで――ぷっつんとキレた。

「うるっさい！　いい年をした兄貴が、具合の悪い弟をいじめて喜ぶな！　みっともない！」

その瞬間、彼女の怒《いか》りに反応したかのように、デルフィーナと王太子の間に炎の壁が立ち上《のぼ》る。

王太子の護衛たちが即座に姿を現し、呆然とする主《あるじ》を庇《かば》って炎から距離を取った。

デルフィーナは彼らを睨《にら》みつけながら、唇を噛《か》む。

弟を平民呼ばわりし、罵倒《ばとう》するばかりの王太子。

そんな彼を、まるで諫《いさ》めようとしない護衛たち。

この王城にいるのは、こんな連中ばかりなのか。……エルネストが『誰も信じるな』と言うはずだ。

デルフィーナは、炎の壁越しに王太子へ告げる。

「エルネストさまは、わたしを助けてくださった恩人です。あなた方が彼にひどいことをするなら、わたしがエルネストさまを守ります」

腕輪に魔力を奪《うば》われているエルネストにとって、塔でパニック状態だったデルフィーナを救うの

は、本当に命がけだったはずだ。

だったら、彼女には命がけでエルネストを守る義務がある。そのために王太子と敵対することになろうと、知ったことか。

——受けた恩義は生涯《しょうがい》忘れることなく、必ず同等以上のもので返すこと。

デルフィーナは、父からそう教えられていた。

命の借りは、命で返さなければならないのだ。

「申し訳ありませんが、わたしはとても不器用なんです。火傷《やけど》をしたくなかったら、今後はエルネストさまに対する言動に、充分注意してくださいね」

デルフィーナは心から忠告する。言葉のとおり、不器用な彼女が魔力を上手く制御できないだけなのだが、王太子たちにとっては立派な挑発と受け取れたのだろう。彼らの顔色が悪くなる。

ちょっぴり申し訳ない気分になったが、ここで引いては意味がない。

がんばって彼らを睨《にら》み続けていると、エルネストが彼女の手を握《にぎ》り返してきた。

デルフィーナが見上げると、左右色違いの宝石のような目が、彼女を映す。

「エルネストさま？　どうかしましたか？」

「……いや。なんだろうな。よく……わからねぇ」

ひどく曖昧《あいまい》な、歯切れの悪い返事だった。

体調がますます悪化した、というわけではなさそうだが、なんだか先ほどまでよりもぼんやりしているように見える。

そしてゆるりと首を振って、エルネストが言う。

「あぁ……そうか。ちょっと、驚いたみたいだ。ガキの頃から今までずっと、オレを守ろうとするやつは、ひとりもいなかったから」

納得したように彼が言った言葉に、デルフィーナは一瞬、呆気《あっけ》に取られた。

それから、『子どもの頃のエルネストさまのおそばにいた、甲斐性《かいしょう》なしの大人たち！　全員まとめて出て来いやー！』と全力で叫びたくなる。

その衝動を必死でこらえていると、新たな声がその場に響いた。

「お取込み中、申し訳ありません。――ファーディナンド殿下。先ほどの、近衛《このえ》魔導士が不用意にイーズレイルの残したトラップに接触した結果、ドラゴンの召喚陣が発動した件についてですが。のちほど、諜報《ちょうほう》部長官から正式にそちらへ抗議させていただきます」

「な……っ」

突然現れた、黒一色の地味な装《よそお》いをした青年の言葉に、王太子が顔色を変える。興味がないので今まで気にしていなかったが、王太子の名はファーディナンドというらしい。

黒服の青年は、胸ポケットの辺りから小さな徽章《きしょう》のようなものを外すと、それを王太子の護衛のひとりに渡した。

「その情報記録魔導具には、当時の状況がすべて保存されております。現場の責任の所在を明らかにするのに、必要であればお使いください」

「……あぁ」

王太子が、顔をしかめてうなずく。

どうやら彼は、エルネストに因縁をつけている場合ではなくなったようだ。慌ただしく通信魔導具でどこかに連絡をすると、デルフィーナに視線を向けた。

（うひぃっ）

キレていたときは、彼女は平気で王太子を怒鳴りつけることもできた。

だが、その勢いが失せてしまうと、やはり王族に目をつけられるのは怖すぎる。

それでも、どうにか踏ん張って睨《にら》み返すデルフィーナに、彼は低い声でぼそりと言った。

「また、来る」

（来なくていい！）

反射的に言い返しそうになったけれど、これ以上子どもの喧嘩《けんか》じみた応酬《おうしゅう》はやめておくべきだろう。デルフィーナは内心でべーっと舌を突き出して、王太子一行が去っていくのを見送る。

辺りが静かになったところで、エルネストが黒服の青年に声をかけた。

「諜報部《ちょうほうぶ》が、まだ何か用か？　こいつについて、よけいな口出しはするなと言ったはずだぞ」

「……殿下」

淡々とした彼の問いかけに、青年が一瞬複雑そうな表情を浮かべる。

相手に敵意がなさそうだと判断し、デルフィーナはひとまず炎の壁を解除した。

それを見た青年が、軽く目を瞠《みは》る。

彼は着ているものも黒一色、そして髪も瞳も真っ黒だ。一見して地味に感じる色彩の持ち主だが、彼の顔立ちそのものは怜悧《れいり》な印象の整ったものである。

この王城には、ずいぶん美形が多いらしい。

デルフィーナが感心していると、青年はおもむろに姿勢を正した。そして右手を胸に当て、その場にすっと片膝をつく。

「おい？」

エルネストが訝《いぶか》しげに首をかしげた。

そんな彼に、黒服の青年は静かに告げる。

「諜報《ちょうほう》部所属の魔導士、クレイグ・エースと申します。本日付けで、ガリナ離宮の家令を拝命いたしました。殿下もそちらのお嬢さまも、今後何かご用があれば、すべて私にお申し付けください」

「……ちょっと、待て。意味がわからねぇ。どうして諜報《ちょうほう》部のおまえが、ここの家令になる？　優秀な魔導士の使いどころを間違っているとしか思えねぇぞ」

あきれ返ったエルネストの様子からして、黒服の青年――クレイグの人事異動は、ものすごくありえないもののようだ。

クレイグが、顔を上げてエルネストに言う。

「殿下、詳しいお話は離宮の中でもよろしいでしょうか？　屋外では、ファーディナンド殿下の耳がどこにあるかもわかりません」

「……それもそうだな」

エルネストがうなずいたので、先ほどの部屋に戻る。そして彼とデルフィーナがソファに座ると、クレイグがその脇に立った。

一呼吸置いて、クレイグが口を開く。

「先ほど質問のお返事ですが、長官が、適材適所だと判断しました。……殿下。あなたが身につけているイーズレイルの腕輪について知っているのは、あの場にいた長官と私だけです」

「は？　なんで公表しなかった？」

エルネストの疑問に、クレイグの表情がわずかに歪《ゆが》んだ。

「事実を公表すれば、反国王派の貴族たちが、あなたの暗殺に動き出すのは目に見えている。王城内でそのような動きが生じれば、イーズレイル捕縛《ほばく》の足並みも揃わなくなるでしょう」

「あぁ、なるほど。諜報《ちょうほう》部としては、そっちを制御するほうが面倒ってことか」

納得したようにうなずくエルネストに、デルフィーナはさすがに黙っていられず、口を開いた。

「エルネストさまを暗殺って、どうしてですか!?」

「オレは国王にとって、一番使いいい駒《こま》だったからな。隙あらばオレを殺そうとする貴族が、ここには腐るほどいるんだよ」

当たり前のことを語る口調で言われ、デルフィーナは束の間、言葉を失う。我に返った彼女は、眉を吊り上げて叫んだ。

「なんってですか、それ!?　貴族の方々って、バカばっかり!?　大体、ものすごく戦力になるエルネストさまがいなくなったら、貴族の方々だって困るんじゃないですか!?」

「それが、そうでもねぇんだ」

エルネストの説明によると、この王都の外壁は、対攻城《こうじょう》級魔導具の塊《かたまり》のようなものらしい。たとえイーズレイルの実験が成功しても、これを攻略するのはさすがに難しいだろう。

自身の安全が確保されている以上、貴族たちにとってイーズレイルの一件は、さほど大した問題ではないと判断されていても不思議はない、と彼は言った。

——つまり、王都で暮らす貴族たちにとって、王都の外で生きる国民の命はどうでもいいということか。

そう理解した途端、頭に血が上《のぼ》ったデルフィーナは、大声で喚《わめ》いた。

「あぁあああ、もうー！　そういう腹立たしいことを、そんな明日の天気でも言うような感じで、さらっと話さないでください！」

「おまえは、いつも元気だなぁ」

エルネストが感心したように、しみじみと言う。

彼女ががっくりと地面に膝をつきたくなっていると、クレイグは少し困惑した口調でエルネストに問う。

「あの……殿下。その腕輪を装備されていると、攻城《こうじょう》級魔導具三基ぶんの魔力を吸い取られると聞いていたのですが。お体はつらくないのですか？」

「……お？」

言われてはじめて気がついた、というように、エルネストが瞬《まばた》きをする。

デルフィーナも改めて彼を見つめてみると、先ほどまでよりずいぶん顔色がよくなっている。

彼は、ずっと繋いでいたデルフィーナの右手を見た。

首をかしげたエルネストは、おもむろに手を離し——再びすぐに彼女の手を掴《つか》んだ。

「おぉ、すげぇ」

「……エルネストさま。ひとりで何を感心されているんですか？」

デルフィーナの問いかけに、彼は心なしか嬉しそうな声で応じる。

「こうやっておまえに触ってると、あのクソだるい感じがまるでしねぇんだよ。おまえ、なんかしてんのか？」

「へ？　いえ、わたしは特に何もしていませんけど……」

困惑した彼女を見て、クレイグがエルネストに問う。

「申し訳ありません、殿下。よけいな口出しは無用《むよう》とのことでしたが……そちらのお嬢さまは、ドラゴンではないのですか？」

そういえば、デルフィーナについてエルネストが説明したのは、王太子だけだ。

今までクレイグにドラゴンの化身《けしん》だと思われていたとわかり、デルフィーナは少しばかりショックを受ける。

（まぁ……うん。召喚されたときに大暴れしちゃったから、そう思われても仕方ないのかな。さっきも王太子殿下の言動にムカついて、うっかりドラゴンの炎を使っちゃったし……）

彼女自身、キレた自分が無意識にドラゴンの能力を使ったことに、若干《じゃっかん》ビビッていたのだ。そこに追い打ちをかけられ、どんよりと肩を落とす。

そんなデルフィーナをよそに、エルネストが先ほど王太子にしたのと同じ説明を繰り返す。

聞き終えたクレイグは、真っ青な顔でデルフィーナを見た。

「では、彼女は……」

「おまえらがドラゴンの召喚陣を起動させなければ、こいつはこんな目に遭《あ》わずに済んだ。――どうだ、諜報部《ちょうほう》のクレイグ・エース。罪悪感で、死にそうか？」

静かなエルネストの問いかけに、クレイグの顔色がますます悪くなる。

デルフィーナは、あきれた。

「エルネストさま。無関係なお兄さんに、そんな意地悪を言うのはよくないです。ドラゴンの召喚陣を造ったのは、イーズレイルっていう魔導士なんでしょう？」

「無関係じゃねぇよ。こいつらがそのドラゴンの召喚陣を起動させなきゃ、おまえがそれに巻き込まれることはなかったんだ」

さっき聞いた話とは、なんだか少し違う気がする。現場で何かをやらかしたのは、諜報《ちょうほう》部ではなく、近衛《このえ》に所属する魔導士だったのではないだろうか。

不思議に思ったデルフィーナは、クレイグを見る。

「あの、クレイグさん。もしよければ、わたしが召喚される前に、あの塔で何があったのか教えてもらえませんか？」

クレイグは、少し迷う素振りを見せてからうなずく。

「……はい。魔導研究所の警備を担当しているのは、近衛《このえ》魔導士の第二師団です。当時我々諜報《ちょうほう》部は、彼らのサポートとして同伴していました」

その最中、イーズレイルの拠点であった所長室を捜索していたとき、近衛《このえ》の魔導士があまりにもわざとらしい構造のトラップを発見した。

それはまるで、子どもだましの仕掛けだったという。少しでも魔導をかじったことがある者なら、一目で罠《わな》だと察知できるような、稚拙《ちせつ》なもの。

だからこそ、それを発見した近衛《このえ》の魔導士は、さほど危険なものだとは思わなかったのだろう、とクレイグは言った。

「まさか、あんな——魔導を学びはじめたばかりの子どもが、ちょっとしたイタズラを仕掛けるのに使うような簡易な罠《わな》で、ドラゴンの召喚陣が発動するなんて。……今思い返しても、どうしてあんなに単純な起動式で、あれほど複雑な魔導を制御できたのかわからないのです」

「そりゃまた、イーズレイルの性格の悪さがにじみ出ている仕掛けだな」

苦悩する様子のクレイグに、エルネストが身もふたもないことを言う。

クレイグはうなずき、再びデルフィーナを見た。

「たしかに、あの場にドラゴンの召喚陣を設置したのは、イーズレイルです。しかし、我らがそれに不用意に触れなければ、あなたがこのような事態に巻き込まれることはなかった。私個人が詫《わ》びて済む問題ではないのは、重々承知しております。ですが——本当に、申し訳ありませんでした」

深々と頭を下げられ、デルフィーナは焦った。

「や、やめてください！　ていうか、やっぱり諸悪《しょあく》の根源は、イーズレイルって魔導士だったんじゃないですか！」

わたわたと両手を振ろうとした彼女の右手を、エルネストがぐっと握《にぎ》りしめる。

「おい、離すな」

「あぁっ！　すみません、エルネストさま！」

理由はよくわからないが、デルフィーナに触れているとエルネストの体調が回復するのだ。ならば、可能な限り彼にひっついていなければ――と思ったところで、彼女は首をかしげる。

「あの、エルネストさま。そう言われましても、これからずっとこうして手を繋いでいるわけにはいきませんよね？」

「……おう。困ったな」

デルフィーナは、へにょりと眉を下げた。

「さすがに、お手洗いやお風呂までご一緒するのは、遠慮させていただきたいです」

「そうだな。まぁ、手を離しても即ぶっ倒れるわけじゃねぇし。悪いが、それ以外のときはできるだけオレにくっついていてくれ」

わかりました、と彼女がうなずきかけたとき、クレイグが慌てた声で割って入る。

「お待ちください、殿下！　いくらなんでも、そのように彼女と常に触れ合っているというのは……！」

「あ？　こいつに触ってねぇと、オレはただの役立たずになるんだぞ。イーズレイルが、いつ魔獣の完全支配を成功させるかわからねぇってときに、オレにずっと寝転《ころ》がってろっていうのか？」

エルネストの主張に、クレイグはぐっと言葉に詰まった。それからひとつ息を吐くと、やけにキリッとした顔で言う。

「殿下。あなたがイーズレイルの腕輪のせいで不調であるという事実は、私と長官しか知らないと申し上げたはずです。つまり、何も知らない者たちから見れば、あなたはなんの理由もなく、そちらのお嬢さまと四六時中手を繋いでいるということになります」

おぉ、とデルフィーナは軽く目を見開いた。それは少し、エルネストが恥ずかしいかもしれない。

しかし、彼はいつもと変わりない口調でクレイグに問い返す。

「それが、何か問題か？　オレがそばにいる限り、こいつに傷がつくことはねぇ。下手にひとりで放っておくより、ずっと安全だ」

大変ありがたいお言葉だが、そういう問題ではないと思う。

クレイグが、頭痛を堪《こら》えるように眉間《みけん》を押さえる。

「彼女の安全という面では、その通りかもしれませんが……その、あなたのお立場が、悪くなってしまいます」

どこへ行くにもデルフィーナのような田舎《いなか》娘と手を繋いでいては、エルネストの体面が傷ついてしまうに違いない。

それなのにエルネストは、どうでもよさそうに口を開く。

「オレの立場が悪くなったところで、別に誰も困らねぇだろ」

クレイグが、一瞬黙る。それから、わずかに目を細めて言った。

「いいえ、殿下。イーズレイルの野望阻止のために、現在王城中の魔導士が必死になって働いております。そんな中、あなたがそうやって美しい女性を常に伴《ともな》っていては、みなの士気に関わります」

（う、美しい……？）

デルフィーナは今まで、男性から『美しい』などという誉め言葉をいただいたことはない。もしやクレイグは、目か趣味がものすごく悪い男性なのだろうか。

なんだか気の毒だな、とデルフィーナが憐憫《れんびん》の眼差《まなざ》しを彼に向けていると、エルネストが訝《いぶか》しげに反論する。

「こいつは『美しい』っていうより、『可愛い』だろう」

ものすごく真面目に、論点のずれたことを言う。

生まれてはじめて、家族以外の男性に――しかも、こんな美形の王子さまに『可愛い』と言われてしまった。

デルフィーナは、嬉しいと思うより恥ずかしくなる。

うつむいていると、エルネストはふと何かを思い出したように言う。

「いや、さっき王太子に啖呵《たんか》を切ったときは、『美しい』だった気もするな。――おまえ、美しいのか可愛いのか、どっちなんだ？」

「そ、そういうことを、本人に聞かないでください！」

そんな言い合いをするふたりを前に、クレイグがわざとらしく咳払いをする。

「なんにしても、殿下。実働部隊の魔導士の大半は、若い独身男性です。彼女のように美しく可愛らしい女性を前にして、平静でいられる者は少ないでしょう。彼らが揃って使い物にならなくなるという事態は、できれば避けたいところです」

「……なんだか、よくわかんねぇな」

真顔でつぶやくエルネストは、本当に状況を理解できないでいるように見える。

デルフィーナは、内心じたばたと悶絶した。

(お母さーん！　自分よりずっと美人度が高い男の人たちに『美しい』だの『可愛い』だのって言われると、ものすごくいたたまれなくなるものなんだね！　こんなこと、できれば一生知りたくなかったよ！)

今は遠い空の下にいる母に心の中で訴《うった》えていると、クレイグが諭《さと》すようにエルネストに言う。

「世の中の若い男というのは、大概そんなものなのです。魅力《みりょく》的な女性がそばにいれば、どうにかして格好いいところを見せようとする。そして、己《おのれ》の実力以上のことをなそうとし、盛大に空回《からまわ》りした挙句《あげく》に自爆する。そんな者が、いくらでもいるのですよ」

「いや……それは、ものすごく格好悪くねぇか？」

エルネストが素朴《そぼく》な疑問を向け、デルフィーナもこくこくとうなずく。

想像するだけで、そんな男性はものすごく格好悪い。

しかし、クレイグはにこりともせずに続ける。

「殿下。お嬢さま。諜報《ちょうほう》部の魔導士として、申し上げます。私は断じて嘘は言っておりませんし、事実を誇張してもおりません。これが、現実というものです」

『諜報部《ちょうほう》の』というところを、やたらと強調された。

エルネストが「そういうもんか」と素直にうなずく。

デルフィーナはそんなことより、クレイグの自分に対する呼称が『お嬢さま』で固定されつつあることが気になった。恥ずかしくてむずむずするので、できれば変更していただきたい。

エルネストに握《にぎ》られていない左手を上げ、デルフィーナはクレイグに訴《うった》える。

「クレイグさん。ご挨拶《あいさつ》が遅れて、申し訳ありません。わたしは、デルフィーナといいます。わたしのことは『お嬢さま』ではなく、名前で呼んでもらえませんか？　それから、わたしに敬語を使うのも、落ち着かないのでやめていただけると嬉しいです」

この黒髪の魔導士は、悪い人間には見えない。

けれど、エルネストに『魔導士には、絶対にフルネームを教えるな』と言われたことは、きちんと覚えている。

赤の他人に使役《しえき》されるなど、まっぴらごめんだ。

胸の中で『わたしは記憶喪失、わたしは記憶喪失』と唱えていると、クレイグが意外そうな顔になる。

「あなたのよく手入れされた外見からして、てっきりどこかの名家のご令嬢かと思っていたのですが……。そのようにおっしゃるということは、もしかしたらあなたは裕福な平民家庭のお嬢さんなのかもしれませんね」

（へ？）

デルフィーナは、目を丸くした。

それから、はっと思い出す。――今の自分が、ドラゴンの女王さまと同じ色の髪と目、赤子のようなふくふくの肌をしているということに。

そういえば、デルフィーナも幼い頃は周囲の大人たちから『可愛いお嬢ちゃんだねぇ』と言われていた。

もしや今のデルフィーナは、ドラゴンパワーの副産物で、成人女性の身でありながら、幼児特有の愛らしさを醸《かも》し出しているのだろうか。

そういうことならば、エルネストが彼女を『可愛い』と表現するのも、不思議ではない。

それに、身分の高い男性というのは、呼吸をするように女性を賛美すると聞いたことがある。

きっと彼らにとって、『美しい』や『可愛らしい』というのは、挨拶《あいさつ》の一環のようなものなのだ。

（うん。今後はこの人たちに何を言われても、いちいち気にしないでおこう。たぶん、気にするほうが恥ずかしいやつだ。……クレイグさん。さっきは、目か趣味が悪いんじゃないかと疑ったりして、ごめんなさい）

彼女が心の中で謝罪していると、クレイグが柔らかな口調で言う。

「デルフィーナさん、ですね。丁寧なご挨拶《あいさつ》を、ありがとうございます。そういうことでしたら、今後はお名前で呼ばせていただきます」

ですが、とクレイグはほほえんだ。

「言葉遣いについてはご寛恕《かんじょ》ください。あなたは、殿下の庇護下《ひごか》にある大切なお客人です。使用人である私が、馴《な》れ馴《な》れしくするわけには参りません」

「う……ハイ。わかりました」

そう言われてしまうと、デルフィーナにはそれ以上強く言うことはできない。『お嬢さま』呼びを回避できただけ、よかったと思おう。

彼女がそっとため息をついたとき、ふと視線を感じた。

顔を上げると、じっとエルネストが見つめてくる。何か言いたいことがあるのだろうかと思ったけれど、口を開く様子はない。

デルフィーナは首をかしげて彼に問う。

「エルネストさま。どうかしましたか？」

「いや。イーズレイルの捕縛《ほばく》に参加するのが難しいなら、暇だし魔導剣の鍛錬《たんれん》でもしようと思ったんだが……」

どうやら、エルネストの体調は本当によくなっているらしい。

それは大変結構なことだが、つい先ほどまで、彼は今にも倒れそうな顔色をしていたのだ。調子に乗って、すぐにハードな運動をするのはいただけない。

それに、自分と手を繋いでいる相手にそんな物騒なものを振り回されるのは、心の底から遠慮したい。

にこりとほほえみ、デルフィーナは言った。

「やめてください」

「……わかった」

しょんぼりとした彼の頭上に、ぺたんと伏せられた犬耳が見えた気がしたが、知ったことではない。

暇だというなら、病《や》み上がり野郎はおとなしく休んでいればいいのである。

再び咳払いをしたクレイグが、エルネストに声をかける。

「殿下。ガリナ離宮の家令として、さっそく仕事をさせていただきたいのですが、着任の許可をいただけますか？」

「好きにしろ」

無頓着《むとんちゃく》に応じたエルネストは、そのままの口調で続けた。

「ただし、デルフィーナに少しでも傷をつけたら、その場で殺す」

「承知いたしました」

（……うわぁ）

当たり前のように交わされる会話が、重すぎる。

デルフィーナは、エルネストの指を引っ張りながら言う。

「お気遣いはありがたいのですが、エルネストさま。今のわたしはとっても頑丈なので、そういった物騒なお約束はしていただかなくても、大丈夫だと思います」

何しろ彼女の中で、ドラゴンの本能的なものが『ここに、自分の敵はいませんよー』と言っている。

そして、エルネストが自分と手を繋ぐことで復調したわけが、なんとなくわかってきた。

非常に感覚的なものなので、説明しろと言われたら難しいのだが――どうやら、デルフィーナが彼を『自分の味方』と認識していることが要因のようだ。

理屈は、わからない。

しかし、今のデルフィーナは、彼を害そうとする者に対して強い忌避感《きひかん》を抱《いだ》くようになっている。

だから、エルネストを苦しめるイーズレイルの腕輪に反応したのだ。

王太子が彼に暴言を吐いたときには、彼を守るために、勝手に炎の壁が出現した。

エルネストの不調がなくなったのも、きっと似たような理由だろう。

(なんか、わたしの中にある魔力が、ちょびっとずつエルネストさまに伝わっていってる感じがするんだよね)

どうやら、左手の腕輪に魔力を吸い取られているのが、エルネストの体調不良の原因だったようだ。おそらくだが、そうやって吸い取られるのと同等の魔力がデルフィーナから補給されることで、彼の気分が悪いのが治ったのだろう。

ドラゴンの魔力が、はじめていい仕事をしてくれた。

デルフィーナがほくそ笑んでいると、エルネストがすっと目を細めて言う。

「デルフィーナ。そういう問題じゃねぇんだよ。おまえは、他人から敵意や殺意を向けられることに慣れてねぇだろ。……たとえ、無意味なもんでもな」

他人からの悪意は、向けられ続ければ立派な毒になる。

そう言って、エルネストは低い声で彼女に断じた。

「オレはこれ以上おまえに、そんな思いをさせるつもりはねぇ」

デルフィーナは、言葉を失う。彼の言った『毒』を、彼女は経験したばかりだ。

エルネストが淡々と続ける。

「おまえが、この王城の薄汚いところを見る必要なんてねぇんだ」

――彼の言う通りなのかもしれない。

デルフィーナは、本来ここにいるはずのない、部外者だ。いいことであれ悪いことであれ、彼らの事情に深く立ち入るべきではないのだろう。

けれど、エルネストの言葉に従《したが》うのは、これから王城でデルフィーナが受けるだろう敵意や殺意を、彼が肩代わりするということだ。

それは、決して甘受していいものではない。

悩んだ彼女は、ぱっと顔を上げた。

「エルネストさま。だったら、一緒に王城の外へ出ませんか？」

「……は？」

わずかに目を瞠《みは》った彼に、デルフィーナは笑顔で言う。

「魔導士さまたちと一緒にお仕事ができないなら、別にここにいる必要はないわけですよね。どうしてもエルネストさまの力が必要だってことになれば、きっと通信魔導具で連絡が来るのでしょうし。たぶんですけど、どんな田舎《いなか》の宿屋だって、この離宮よりはずっと居心地がいいと思います」

少なくとも、彼女の故郷ではそうだった。

どこの宿屋でも、客が居心地よく過ごせるよう、主人や女将《おかみ》ができる限り心を砕いていたものだ。毎日日光に当てた寝具、美味《おい》しい食事と朗《ほが》らかなもてなし。窓辺に飾られた可愛らしい花々。

はじめて会ったとき、ものすごく高そうな視覚補助魔導具を装備していたのだから、エルネストは金に困っていないはずだ。それくらいの宿代ならば、問題なく払えるだろう。

そういった宿屋に赴《おもむ》けば、こんな殺風景にもほどがある離宮にこもっているより、ずっと快適な時間を過ごせるに違いない。

……デルフィーナ自身が『身分のお高い方々ばかりがあらせられる王城に、これ以上いるのはちょっとイヤ』と思っているからだけではない。

彼女なりに、今後降りかかるだろう他人の悪意から、エルネストと我《わ》が身を遠ざける術《すべ》を模索した結果である。

そんなデルフィーナの提案に、ダメ出しをしたのはクレイグだった。

「失礼ですが、デルフィーナさん。殿下とあなたが不用意に民間の宿泊施設を利用しては、万が一の事態が起こった場合、そこの従業員たちを危険に晒《さら》すことになります」

「えぇと……クレイグさん。エルネストさまに、王族には見えないような変装をしていただいても、駄目ですか？」

エルネストは、黙って立っているだけで絵になるレベルの美青年だ。デルフィーナとて、そのまま連れ出せるとは思っていない。

そんなことをすれば、あっという間に世の女性たちの噂《うわさ》の的《まと》になってしまう。

デルフィーナとしては、どうにか工夫して彼を目立たないようにしてから、コッソリと――という心づもりだったのだ。

しかし、有能な魔導士兼ガリナ離宮の家令であるクレイグは、容赦《ようしゃ》がなかった。

「論外です。脅《おど》し抜きの殺気を感じれば、即殲滅《せんめつ》行動に入る殿下が、一般人のふりをして市井《しせい》に紛《まぎ》れるなど不可能でしょう。それは、亀に腹筋運動をしろと言っているようなものです」

「そんなに、無理なことでしたか……」

デルフィーナは、しょんぼりと肩を落とす。

気落ちした彼女に、エルネストが真面目な顔で言う。

「昔、ひっくり返った陸亀が、自力で元に戻るのを見たぞ。あいつらだって、がんばれば腹筋くらいできるんじゃねぇのか」

「……エルネストさま。今論じるべきは、亀の体に秘められた無限の可能性についてではないのです。そもそもですね、あなたのおうちであるこの離宮が、こんな廃屋《はいおく》一歩手前の有様《ありさま》だというのが大問題なのですよ。なんていうかこう、もっと落ち着ける場所にしようとは思わなかったんですか？」

デルフィーナがあきれ半分、心配半分で問いかけると、彼は何を気にしたふうもなく答える。

「別に、寝られりゃいいだろ」

デルフィーナは、顔を引きつらせた。

この美形な王子さまは、やたらとハイスペックであるようなのに、人としての基本がものすごくなっていない。

自分の家というのは、ただ寝食ができればいいという場所ではないはずだ。

そこに帰るだけでほっとして、体だけではなく心も安らげる――それが、デルフィーナにとっての『家』だった。

己《おのれ》の住まいに対し、エルネストはあまりに無頓着《むとんちゃく》すぎる。

高貴な生まれの男性というのは、こういうものなのだろうか。

そうだとしても、廃墟《はいきょ》じみた建物で暮らすのは、精神衛生上とてもよくないと思う。

少なくとも、デルフィーナはこのガリナ離宮でずっと過ごすのは、できれば遠慮したいところだ。

はっきり言って、今のここは人間が暮らす場所ではない。心が荒《すさ》む。

デルフィーナは、ひとつうなずいてエルネストを見上げる。

「王城にいても危険、宿屋を使うのも危険となれば、仕方がありません。エルネストさま、野宿をしましょう。まだちょっと夜は肌寒いかもしれませんが、幸いわたしは炎ならばどんと来いの、ドラゴンもどきです。焚火《たきび》に必要な火種くらい、いつでも提供できますよ」

「おぉ。なんか、楽しそうだな」

エルネストは、のんきに同意してくれたのだが――

「……だから、どうしてそうなるんですか!? どんなにトボケた発言だろうと、殿下ひとりぶんなら問題なく対処できる自信はあったのですがね！　さすがにふたりぶんとなると、荷が重すぎます！」

——そこでなぜか、クレイグが癇癪《かんしゃく》を起こした。

怜悧《れいり》で落ち着いた印象の青年が、据《す》わった目つきで拳《こぶし》を握《にぎ》りしめている。

「殿下。あなたは今まで多くの遠征に参加して、野宿の経験も豊富でしょう。ですが、食べるものは野生の獣《けもの》や魚、夜は硬い地面に雑魚寝《ざこね》という野宿が、若い女性に耐えられるものだと思いますか？」

エルネストとデルフィーナは顔を見合わせ、うなずき合った。

「大丈夫なんじゃねぇか？」

「別に、平気だと思います」

それくらいの覚悟もなく、『さぁ、野宿にでかけましょう！』などと言ったりはしない。

そもそも、幼い頃から山歩きに馴染《なじ》んでいる彼女にとって、食料の現地調達や、毛布にくるまって野外で仮眠するのは当たり前のことである。

しかし、クレイグは額《ひたい》に青筋を立てて叫んだ。

「たとえ、そうなのだとしても！　若い未婚の男女が、ふたりきりで野宿など言語道断です！　おふたりとも、少しは常識というものを考えなさい！」

（えぇー）

デルフィーナは、へにょりと眉を下げる。

「そりゃあ、あんまり褒められたことじゃないかもしれませんけど――」

「あんまり、ではありません。まったく、です」

クレイグに鋭《するど》く指摘された。

デルフィーナは、ぐっと詰まってから言い直す。

「まったく、褒められたことじゃないかもしれませんけど。こんな非常時ですし、大体エルネストさまとわたしで、間違いが起こるわけがないじゃないですか」

「ほぅ。なぜ、そう言い切れるのです？」

クレイグはまるで笑っていない目で問い返してくる。

「殿下は、今年二十一歳。大変、血気盛んな年頃です。そしてあなたは、おそらく十代後半といったところでしょう。まさに、娘盛りの美しさですね。そんなおふたりが四六時中、しかも手を繋いだ状態で一緒にいて、何も間違いが起こらないと、なぜ言い切れるのでしょう？　着替えや入浴、無防備な寝起きの時間など、どんなハプニングが起こるかわからないではありませんか」

滔々《とうとう》と語られ、デルフィーナは半歩引いた。

（なぜだろう。クレイグさんが言っていることは、とても立派な正論っぽく聞こえるのに、なんだかむっつりスケベ感が漂《ただよ》うのは）

失礼なことを考えている彼女の代わりに、エルネストが口を開く。

「オレは、デルフィーナがいやがることは、絶対しねぇぞ」

「初恋もまだのお子さま殿下は、黙っていなさい」

クレイグが、すぱっと切り捨てた。

デルフィーナは、思わずエルネストを見上げる。

「初恋、まだなんですか？」

「……ハツコイって、なんだ？」

まるで、未知の単語を語るような片言で問い返された。

呆気《あっけ》に取られた彼女は、クレイグに視線を移す。目を見開いた彼の表情は、『まさかのそこから⁉』と物語っていた。

今まで、完全にエルネスト寄りだったデルフィーナの気持ちが、ものすごい勢いでクレイグに共感する。これは、さすがに想定外だ。

エルネストは、じっと彼女の答えを待っている。

冷や汗をかきながら、デルフィーナはぼそぼそとつぶやく。こういう方面の話は、正直なところ、非常に苦手なのだ。

「その……わたしも、詳しくはないのですけれど。特定のどなたかおひとりに対して、ご自分の心のありようがとても優しくなって、その方の笑顔を見たいとか、楽しい時間を共有したい、離れがたいと思うようになることを、『恋をする』と言うようです。そして、それをはじめて経験することを、『初恋』というのです」

たぶん、一般的にはこういう解釈で、さほど間違っていないだろう。間違っていない、と思いたい。……残念ながら、まったく自信はなかった。

何しろデルフィーナ自身が、クレイグが言うところの『初恋もまだのお子さま』なのだ。他人様《ひとさま》に恋について語れるような経験など、持ち合わせているはずもない。

何かおかしなことを言っていたらどうしよう、とびくびくしていると、エルネストがどこか幼い仕草でうなずく。

「そうか。わかった」

「ご……ご理解いただけたようで、よかったです」

デルフィーナは、ほっとした。

エルネストは彼女から視線を逸《そ》らさずに、口を開く。

「検証してみる」

「……何をですか？」

首をかしげた彼女に、エルネストは淡々と答える。

「そういう精神状態には、心当たりがある。けど、いまいち自信がねぇから、本当にハツコイなのかどうか、これから検証してみようと思う」

（おぉ！　ただの無自覚でしたか！）

考えてみれば、こんな美形の王子さまが初恋を経験していないなど、おかしな話だったのだ。

……つまり、この場で『初恋もまだのお子さま』はデルフィーナだけになってしまうのか。

なんだか寂しい気がするが、それを言っても仕方があるまい。

デルフィーナは、にこにこと笑ってエルネストを見上げた。

「エルネストさまの心当たりが、ちゃんと初恋だといいですね」

「……ハツコイってのは、いいモンなのか？」

困惑気味に問い返してくる彼に、うなずく。

「はい。わたしは、そう思います」

誰かが、誰かを大切に想う気持ち。それは、とても尊《とうと》いものだ。

もちろん、恋をしたら必ず幸せな結末が訪れる、なんてことはないだろう。想う相手が振り向いてくれないことだって、違う誰かを選んでしまうことだってある。

そうだとしても、恋をするのはいいことだとデルフィーナは思う。

それは、彼女がまだ恋を経験していないからだろうか。恋のどろどろした部分を何も知らないからこそ、こんなふうに気楽に考えられるのかもしれない。

ただ、彼女の両親が恋をした結果、デルフィーナは今ここにいる。

それがありふれた現実なのだとしても、奇跡のような幸運なのだとしても、彼女にとって感謝すべきことに変わりなかった。

（エルネストさまのご両親は、かなりアレな関係だったみたいだけど。そのぶん、エルネストさまには素敵なお嬢さまと素敵な恋をして、あったかい家庭を作ってもらいたいものですよ……）

大恩ある彼が、いずれ可愛いお嫁さんを迎える際には、心から祝福させていただく所存である。

今の問題が片付いたら、そのための積立貯金をはじめておこう。デルフィーナは、そう心に決めた。

この離宮の様子からして、どうやらエルネストは両親と没交渉のようだ。ならばせめて、彼女だけでも盛大に祝わせてもらおうではないか。

人生、終わりよければすべてよし。

他人の婚約者に手を出す父親や、子どもにろくな情操教育もしていない母親のことなど忘れて、ぜひとも彼自身の幸福を掴《つか》み取ってほしいものだ。

デルフィーナがしみじみ願っていると、クレイグが何やら緊張した様子でエルネストに訴《うった》えた。

「あの……殿下。今、あなたの心身にもしものことがあれば、対イーズレイル戦において大変な戦力ダウンとなってしまいます。すべてが片付いたあとでしたら、どんなご相談にも、諜報《ちょうほう》部を挙げて応じましょう。ですからどうか、今はこちらの問題に集中していただけませんか？」

何やら、ひどく慎重《しんちょう》な言い方である。クレイグは、一体何を危惧しているのだろう。

エルネストが、クレイグに向けて口を開く。

「ハツコイってのは、失敗するとそんなにダメージがでかいもんなのか？」

その言葉で、デルフィーナはクレイグの懸念《けねん》するものに気がつき、目を丸くする。

どうやらクレイグは、こんなに格好よくて優しいエルネストが、初恋に破れたときのことを心配していたらしい。

（そりゃあ、初恋は実らないものだって言うけどさー。エルネストさまに想われて、いやだと思うお嬢さまなんているわけが——あ！　ひょっとして、お母さまが平民なのがネックになってるとか!?）

いくらエルネスト自身のスペックが素晴らしくても、貴族社会では身分がものを言う。旦那さまの母親が平民だというのは、貴族のお嬢さまにとっては大きな問題なのかもしれない。

クレイグはひどく難しい顔で、エルネストに答える。

「そうですね。個人差はありますが、お相手に対する気持ちが強ければ強いほど、拒絶されたときにより大きな精神的なダメージを受けると聞きます。そのせいで、身体機能にまで深刻な影響が出る場合もあるようです」

「拒絶」とエルネストがつぶやく。

デルフィーナの手を握《にぎ》る彼の力が、弱くなる。

「それは、いやだな」

エルネストは気を落としたようだ。

デルフィーナは、困った。

(うーん……。これぱっかりは、相手のお嬢さまの気持ち次第だし。そこにお貴族さまの面倒くさい事情が絡《から》んだりしたら、わたしには到底助言できるお話じゃないよなぁ)

申し訳ないが、田舎《いなか》のしがないキノコハンターであるデルフィーナが、この問題についてできることはなさそうだ。

無力感にしょんぼりしていると、ややあってエルネストがいつも通りの口調で言う。

「まぁ、先のことを考えても仕方がねぇ。そもそも、これがハツコイかどうかも検証できてねぇんだ」

意外と、復活するのが早かった。

「さようでございますか」

クレイグはうなずくと、キリッとした表情でエルネストに忠告する。

「殿下。もし今後、その検証結果に基《もと》づき何か行動を起こそうとされる場合には、必ず私にそれが妥当であるか否《いな》かを確認してからにしてくださいませ」

よろしいですか、とクレイグは真顔で言った。

「女性の心理というのはひどく複雑で、私にもいまだに理解しがたいものなのです。こう申し上げてはなんですが、初恋も経験しているかどうか微妙な殿下には、少々荷が重すぎるかと存じます」

「……わかった」

エルネストが、少しいやそうな表情ながらも素直にうなずく。デルフィーナは、ほっとした。

（クレイグさんは、本当に頼りになるお兄さんだなぁ）

これほど立派な相談相手なら、エルネストの初恋がどれほど困難なものだったとしても、きちんと成就《じょうじゅ》させてくれるかもしれない。

デルフィーナは、がんばってくださいねー、と心の中でエールを送る。

いつの間にか、エルネストの初恋模様――というより、彼の人格形成不全ぶりを長々と談義してしまっていた。

（いや……うん。これからお世話になる方々のひととなりを、ちょびっと垣間《かいま》見れたと思えば、別に無駄な時間ではなかったんだけどさ）

これから一緒に暮らす以上、円滑な人間関係を築くための相互理解は大切だ。

ただ、一体どんな育てられ方をすれば、こんなにもアンバランスな人格ができあがるのだろう、と不思議に思う。

内心首をひねるデルフィーナをよそに、エルネストはひとつ息を吐いてクレイグを見た。

「話を戻すぞ、クレイグ・エース。いくら金をかけてもかまわねぇ。最新型の対攻城《こうじょう》級魔導具を、ガリナ離宮全域をフォローできるように配備しろ」

「承知いたしました」

ほっとした顔で、クレイグが応じる。

どうやらエルネストは、イーズレイルの問題が片付くまでの間、この離宮で過ごすことに決めたようだ。そのために、必要と思われる防御態勢を整えてくれる、ということだろう。

実にありがたい話だが――この廃墟《はいきょ》じみた建物で暮らすのは、やはりちょっぴり気が重い。

そんなデルフィーナの気持ちを見透かしたかのようなタイミングで、エルネストが言う。

「あぁ、その前に、デルフィーナの服と靴か。まずは、それが最優先だ。それから、コイツの部屋だな。二階南向きの客間を、平民階級の若い娘が落ち着けるように整えろ」

(おぉー！)

デルフィーナは、感動した。なんと素晴らしい気遣いだろうか。

しかし、すぐにはっとした。

身につけるものの代金くらいであれば、立て替え払いをしてもらっても、いずれ返済できるだろう。

しかし、離宮の一室を模様替えしてもらうとなると、かなりの金額になるはずだ。仮の住まいのために、そんな大金を払いたくない。

デルフィーナは慌ててエルネストの手を引く。

「あの、エルネストさま。服と靴だけ用意していただければ、結構です。お部屋の模様替えは、その……ありがたいですけど、お気持ちだけで充分です。離宮に手を入れるのでしたら、エルネストさまのお好みに合わせたほうがいいと思います」

かなり腰が引けながら言ったデルフィーナに、エルネストが首をかしげる。

「オレは別に、このままでも構わねぇ。でも、おまえは落ち着かねぇんだろ」

「それは、そうですけど……。わたしは、ずっとここにいるわけじゃないですから。どうせなら、最初からエルネストさまが過ごしやすいようにされたほうが、いろいろと無駄にならないでしょう？」

そう言った途端、エルネストが目に見えてしょんぼりした。

デルフィーナは再び、彼の頭上にぺったりと伏せられた犬の耳の幻《まぼろし》を見る。きゅーん、という幻聴まで聞こえてきそうだ。

(な……なんでそんな、雨の日に捨てられた仔犬のような悲しげな目をされるんですか、エルネストさまー!?)

「駄目か？　デルフィーナ」

――至近距離での超絶美形な王子さまのおねだりに抗《あらが》える、年頃の娘がいるだろうか。

(もしいるというなら、今すぐここに連れてこい……)

若干《じゃっかん》気が遠くなりながらそんなことを思い、デルフィーナは力なく首を横に振った。

「……イエ。お願いします」

「そうか。よかった」

そのとき、クレイグの「獣《けもの》が番《つがい》を迎えるための巣作りか？」というつぶやきが聞こえた気がした。まったく前後の脈絡がないので、きっと空耳だろう。

(あぁ……改装に一体いくらかかるんだろう……。老後の備えが、とても寂しいことになりそう)

自分の貯金に別れを告げる覚悟を決めていたデルフィーナは、ふといいことを思い出した。

(って、あれ？　そういえば、わたしの部屋には、一つ金貨百枚という魔導石の原石が、ゴロゴロ転《ころ》がってるんだった！)

王城で暮らすエルネストなら、あれらを換金するのも簡単に違いない。離宮の模様替えくらい、その売却代金で充分できるのではないだろうか。

今の彼女は記憶喪失だという設定なので、クレイグに詳しい話を聞かれるわけにはいかない。デルフィーナは、コッソリとエルネストに問う。

「あの、エルネストさま。以前お会いしたときに見ていただいた、魔導石の原石を覚えていますか？　あれと似たようなものが、うちにいくつかあるんです。もしよかったら、離宮の改装資金に使っていただけませんか？」

我ながらナイスアイディアだと思ったのだが、エルネストはむっと眉根を寄せ、低い声で言う。

「ここは、オレの離宮だ。よけいなことを気にしてんじゃねぇ」

「イエ、正直なところをぶっちゃけてしまうとですね。わたしが持っていても宝の持ち腐れなもので、エルネストさまに引き取っていただけると、大変助かるのです」

もしスウェン家にあんなお宝が眠っていると知られたら、悪い人間たちに目をつけられ、強盗に入られてもおかしくない。エルネストに引き取ってもらえなければ、早めに山奥へ捨てにいったほうが無難だろう。

ただ、それはそれでもったいないので、エルネストに有効活用してもらえれば一番嬉しい。

期待をこめて見つめていると、エルネストがふっと視線を逸《そ》らす。

「……わかった。こっちで引き取る」

「ありがとうございます、エルネストさま！」

デルフィーナは資金面での心配がなくなり、すっかり気持ちが楽になった。満面の笑みでクレイグを振り返る。

「クレイグさん。イーズレイルとかいう魔導士を捕《つか》まえた暁《あかつき》には、わたしはそいつからガッツリ慰謝料をふんだくるつもりです。それを改装資金に充《あ》てますので、お金のことはお気になさらず、この離宮全部をエルネストさまが過ごしやすいようにしてください！」

魔導石の原石のことを彼に言うわけにはいかないので、そんな理由をつけてごまかす。

ちなみに、事が成《な》ったなら、イーズレイルにキッチリ落とし前をつけてもらうつもりであること

は本心である。転《ころ》んでも、絶対にタダで起きてたまるものか。

デルフィーナの要請に、クレイグは一瞬呆気《あっけ》に取られた顔をしたあと、小さく噴き出した。それから、肩を揺らして口を開く。

「失礼しました、デルフィーナさん。――了解です。ガリナ離宮の家令として、恥ずかしくない仕事をさせていただきますね」

「よろしくお願いします！」

元気よく言いながら、デルフィーナは確信した。

ガリナ離宮のことは、クレイグに任せておけば大丈夫だろう。

彼は、エルネストの味方だ。だからデルフィーナも、彼が家令としてガリナ離宮に入ることを拒絶せずにいられる。

そうでなければ、たとえエルネストが許可したとしても、彼女がクレイグを力尽くで追い返していたところだ。

(なんでかなぁ？　クレイグさんがエルネストさまの近くにいるのは、別にイヤじゃないんだよね。王太子殿下のときは、『顔を見ているだけでイラつくから、さっさと帰れー！』って感じだったんだけどさ)

これも、ドラゴンの魔力を得たゆえの勘なのだろうか。

拒否感どころか、クレイグには仲間意識のようなものさえ感じる。

彼となら、一緒に『エルネストを守る会』を結成できそうだ。その場合、会長の座は断固として譲《ゆず》らないつもりである。

それから一同は、まず新入りふたりの部屋を確認することにした。

デルフィーナに与えられたのは、エルネストが指示した二階南向きの客間。内装の古びた感じはともかく、ありがたいことに掃除は行き届いているようだ。

何より、とても広い。

居間がゆったりとしているのはもちろん、続き部屋の寝室も広い。そこに、大人が三人くらい一緒に寝られそうな寝台が、どーんと置いてあった。

浴室には、これまた巨大なバスタブ。お湯を溜めるのに、とても時間がかかりそうである。

クレイグに与えられた部屋は、一階奥の家令部屋だ。ちらりとのぞいた感じ、デルフィーナの部屋よりも造りが簡素だが、とても機能的な感じである。

ここまでは、順調だった。

しかし、エルネストが現在寝室として使っているのが、厨房《ちゅうぼう》近くのちっぽけな使用人部屋だと知った途端、クレイグの額《ひたい》に青筋が浮かんだ。

彼は、地の底から響くような声で言う。

「……殿下。今日から、あなたがお休みになるのは、三階の主寝室です。よろしいですね？」

「三階？　そんなん、面倒くせぇじゃ——」

「よろしい、ですね？」

そのとき、にっこりと浮かべられたクレイグの笑みは、とても恐ろしかった。

エルネストは若干《じゃっかん》不満そうであったが、特にこだわりもないのか、どうでもよさそうにうなずく。

「わかった」

「結構です。それでは、これからデルフィーナさんの服と靴を手配したのち、離宮全体に浄化魔導具をかけさせていただきます。離宮の内装に関しては、必要なものを確認してからまとめて発注いたしますので、もうしばしお待ちください。また、お食事については、今後はすべて、諜報《ちょうほう》部で安全確認したものをご用意いたします。つきましては、厨房《ちゅうぼう》に無生物限定転移魔導陣を設置させていただきたいのですが、その許可をいただけますか?」

立て板に水の勢いで語られ、エルネストは若干《じゃっかん》気圧《けお》されたようだ。

「……おう。好きにしろ」

「ありがとうございます」

デルフィーナは、クレイグの有能ぶりに心から感嘆しながら、密かに期待する。

彼女の服と靴を用意するついでに、クレイグ用の執事服もあつらえてもらえないかな――と。絶対に、ものすごく似合うと思う。

＊＊＊

そこは、芸術的ともいえる魔導の連なりによって秘された、小さな館《やかた》。

淡い魔力の光と、さまざまな薬品のにおいが満ちる空気の中、金髪の魔導士がくすくすと笑う。

「……なんだろうねぇ、これは。ボクの部屋にドラゴンの召喚陣を残してきたのは、ちょっとしたイタズラのつもりだったのにさ。ずいぶん、面白いことになってるじゃないか」

魔導士の目の前に、ふわりと浮かぶ巨大な水晶球。

そこに映っているのは、さまざまな記録映像だ。魔導士が王城にばらまいてきた極小の虫型監視魔導具たちが、リアルタイムで送ってくるものである。もちろん、クリアな音声つきだ。

魔導士の自信作である監視魔導具だが、それでもできないことはある。

さすがに、白天狼の支配領域であるガリナ離宮の内部には、侵入するのは不可能だった。だが、その庭先くらいまでならば、こうして問題なくのぞき見ることができる。

そのため彼は、ガリナ離宮の玄関前で王太子とエルネストたちが繰り広げたやりとりを、すべて見ていた。

魔導士は、白い指先で水晶球を軽くつつく。

「まったく、面白いね。まさか、ドラゴン一体ぶんの魔力を、人間が手に入れることができるなんて。……いいな。ボクも欲しい」

もし彼がドラゴンの魔力を手に入れられれば、実現不可能な魔導などないだろう。

うっとりと目を細め、彼はつぶやく。

「でも、あれはいろんなイレギュラーが、本当に冗談みたいに重なった結果だからなぁ。下手にちょっかいをかけて、全身真っ黒焦《こ》げの瀕死《ひんし》状態になるのは、さすがに遠慮したいし。残念だけど、ボクの体で再現するのは、やめておいたほうがよさそうだ。無茶をして死んじゃったら、せっかくこんなに面白そうなことになっているのに、遊べなくなっちゃうもんね」

彼にとって、この世界のすべては『面白いもの』と『面白くないもの』でできている。

『面白くないもの』に、価値などない。

彼自身が持って生まれた、卓越した魔導の力。誰もが羨《うらや》むそれさえも、彼にとっては、より『面白いもの』を楽しむための手段でしかなかった。

「……うん。やっぱり、こっちのほうが面白そう」

まるで恋《こ》い焦《こ》がれる相手を見つめるように、魔導士は水晶球に映る人影を眺める。

――柔らかく波打つ髪の漆黒《しっこく》と、鮮《あざ》やかな緑の瞳は、純粋な地の属のドラゴンが備える特徴だ。

それらに加え、赤子のように真っ白な肌を持つ、可憐《かれん》な少女。

何も知らなければ、その愛くるしい姿には、誰もが強烈な庇護欲《ひごよく》を抱《いだ》くだろう。

だが、彼女の華奢《きゃしゃ》な体の中には、膨大《ぼうだい》なドラゴンの魔力が秘められているのだ。

それを自《みずか》らの手で引きずり出す瞬間を思うだけで、彼の全身にぞくぞくと快感が走る。

本当に、なんて面白そうなオモチャだろうか。

早く、あれで遊びたい。あの少女が壊れるまで遊び尽くせば、いったいどれほどの充足感を得られるだろう。

「ボクが手に入れられないものを、誰かが持っているのは面白くないからなぁ。最後には、ちゃんと壊してしまわないといけないね」

どんなに面白いオモチャでも、楽しく遊べるのは最初だけ。

それでも、ドラゴンの魔力を手に入れた少女ならば、今までに遊んだどんなオモチャよりも刺激的な時間をくれるはずだ。

おまけに、彼女を守護しているのは、魔導士にとって唯一警戒すべき相手。彼が知る人間の中で、間違いなく『最強』の名にふさわしい青年である。

こんなに楽しい組み合わせを、見過ごせるはずがなかった。

少女の隣に寄り添う青年の姿を見て、魔導士は一層楽しげに肩を揺らす。

「ねぇ、平民殿下」

人々から『天才』と呼ばれる美貌《びぼう》の魔導士が、ひそやかに笑う。乾いた血を思わせる赤茶色の瞳を輝かせ、水晶球を優しく撫《な》でる。

「その女の子を壊したら、キミは絶望するのかな」

本当に楽しみだよ――と、カーティス・イーズレイルは美しくほほえんだ。

第六章　お引越し？

クレイグはデルフィーナのために、白を基調としたシンプルなワンピースと、踵《かかと》の低い編《あ》み上げブーツを用意してくれた。以前よりもさらさらになった髪は、ワンピースに使われているのと同じレースのリボンでハーフアップにする。

与えられた客間で身支度を整えたデルフィーナは、慌ただしく部屋から出た。そして、殺風景な廊下の窓辺に佇《たたず》むエルネストに駆け寄り、その手を握《にぎ》る。

小さく息を吐いた彼を、デルフィーナは見上げて問うた。

「大丈夫ですか？　エルネストさま」

「あぁ。ありがとうな」

繋いだ手から、自分の魔力が彼に伝わるのを感じる。冷たかった彼の指先が、少しずつ温かくなっていく。

エルネストの顔には血の色が戻り、呼吸も落ち着いている。彼の体調不良はきちんと改善できているようだ。

ほっとしたデルフィーナは、笑って彼に礼を言う。

「こちらこそ、素敵な服を用意してくださって、ありがとうございました。それにしても、サイズがちょうどよくてびっくりしました！　見ただけで服のサイズがわかるなんて、諜報部《ちょうほう》の魔導士さんってすごいんですねぇ」

「……おう。オレも、驚いた」

その反応を見る限り、エルネストにクレイグのような特技はないようだ。

デルフィーナは、密かにうなずく。

（はい。女性の姿を見ただけで服のサイズを判断できる――なんていうのは、女性の扱いに秀《ひい》でた色男にのみ許された特技だと思います。初恋も微妙なエルネストさまには、まだちょっと早いのです）

ものすごく偏見《へんけん》に満ちたことを考えていると、エルネストに軽く手を引かれた。

「クレイグ・エースから、ここの改装が済むまで、外に出ているようにと言われてる」

「はぁ。邪魔をするな、ということですか」

エルネストとともに外へ出ると、いつの間に用意されていたものやら、木陰のテーブルセットに軽食が置かれている。

それらをじっと見たエルネストが、デルフィーナに問うてきた。

「食うか？」

「えっと……いいんですか？」

テーブルの上の軽食は、かなりボリュームがある。おそらく、クレイグがエルネストとデルフィーナのために、用意してくれたのだろう。

だが、クレイグは現在、ひとりで離宮をリフォームしてくれているのだ。彼にお礼も言わないまま、この美味《おい》しそうな軽食に手をつけていいものだろうか。

悩ましく思ったデルフィーナに、エルネストがあっさりと言う。

「あぁ。毒は入ってねぇから、大丈夫だ」

デルフィーナは、思わず半目になった。

彼の思考回路の殺伐《さつばつ》さには、いまだに慣れない。

とはいえ、ガリナ離宮の主《あるじ》である彼の言葉だ。ここは、素直に従《したが》っておくことにした。

「……そういう意味で聞いたわけではなかったのですが、ハイ。ありがとうございます」

複雑な気分になりながらも、昼食抜きでかなり空腹だったデルフィーナは、いそいそとテーブルに近づく。

数種類のパンを使った具だくさんのサンドイッチに、スコーン。こってりとしたクリーム、そして色とりどりのフルーツ。

銀のポットに入っているのは、香りからして紅茶のようだ。ポットと揃いのミルクピッチャー、そして薄切りのレモンが添えられている。

デルフィーナは、ほう、とため息をつく。

「きれいですねぇ」

母が用意してくれる食事やお菓子も、味が素晴らしいだけでなく、見た目にも美しいものばかりだ。だが、今目の前にある軽食は、それらとはまた違う、しゃれた雰囲気が満載である。

すっかり嬉しくなったデルフィーナだったが、そこでエルネストが手を離そうとしていることに気づいた。

彼は少々残念なところはあるものの、大変気遣いのできる青年である。

おそらく、手を繋いだままでは彼女が食事をしにくいだろうと、具合が悪くなるのを我慢しようとしてくれているのだ。

デルフィーナは、慌ててエルネストの手を掴《つか》んだ。

「大丈夫ですよ、エルネストさま！　実はわたし、左手と右手を同じくらい使えるのが自慢なんです」

彼女はえっへんと胸を張ると、左手だけでふたつのカップに紅茶を注《つ》いだ。そしてひとつのカップを、エルネストの前に置く。

それから色とりどりの軽食を、取り皿に一種類ずつ、バランスよくのせていった。

「大したもんだな」

感心したようにエルネストに言われ、デルフィーナは照れながらもほほえんだ。

「はい。子どもの頃に、父から両手で問題なくナイフを扱えるまで、ひとりで山に入ることは許さないと言われまして、特訓したんです。わたしはとても不器用なので、慣れるまでは大変でした」

たとえ片手を怪我しても、山の中で不自由しないためにという、父の教育だ。

しかし、まさか王子さまとのティータイムで、山男の教えが役立つとは思わなかった。

世の中、本当に何が起こるかわからんな――と思いながら、盛りつけを終えた皿をエルネストの前に置く。

（ありがとうございます、クレイグさん！）

今は姿の見えないクレイグに心の中で礼を言い、デルフィーナは薄切りのハムがたっぷり挟まれたサンドイッチを一口食べた。ハムの香り高さはもちろん、薄切りのパンには、ぴりっとスパイシーなバターが塗られていて、とても美味《おい》しい。

デルフィーナは、ゆっくりと味わいながら食べ進めていく。

どれも、本当に素晴らしい出来である。叶うことなら、家族にも食べさせてあげたいものだ。

残念ながら、デルフィーナは料理が得意ではない。家に帰ったときに、この美味《おい》しさを再現するのは無理だろう。

しかし、軽食に使用されている具材ならば、お土産《みやげ》に買って帰ることはできないだろうか。

（あとでクレイグさんに、このサンドイッチに使っているハムを売っているお店を、教えてもらえないかなー）

のほほんとそんなことを考えながら、ミルクをたっぷり入れた紅茶に手を伸ばす。

そのときデルフィーナは、自分を注視するエルネストの視線に気がついた。見れば、彼は軽食にまるで手をつけていない。

デルフィーナは、首をかしげた。

「どうかしましたか？　エルネストさま」

「いや。おまえが可愛いから、見てただけだ」

ものすごく普通の調子で告げられた言葉の意味を、一拍置いて理解する。

その途端、デルフィーナの顔はゆで上がったように熱くなった。

声を上擦《うわず》らせながらも、どうにか言葉を紡《つむ》ぐ。

「あ……っ、あのですね！　わたしは、そういった社交辞令には慣れていないので、できれば今後は控えていただけると嬉しいです！」

彼女の訴《うった》えに、エルネストが不思議そうな顔で答える。

「社交辞令って、なんだ？　おまえが可愛いのは、ただの事実だろ」

「〜〜っ！」

デルフィーナは、テーブルに突っ伏した。首の後ろが、ひどく熱い。きっと、そのあたりまで真っ赤になっているのだろう。

エルネストは、それまでとまったく変わらない口調で問いかけてくる。

「デルフィーナ。どうした？　もう、食わねぇのか？」

「……ハイ。もう、お腹いっぱいです」

彼女はこの日、いたたまれなさのあまり食欲が消失する、というはじめての経験をした。

デルフィーナがぐったりしていると、エルネストが軽く左手を持ち上げる。通信魔導具が反応していた。

それを見た彼は、ものすごくいやそうに眉根を寄せ、しぶしぶ口を開く。

「なんのご用ですか？　王太子殿下」

デルフィーナは、あやうく『うげっ』と声をもらすところだった。

先ほどうっかり喧嘩《けんか》を売った——否《いな》、初対面のご挨拶《あいさつ》をした王太子は、エルネストをいじめていたから嫌いなのだ。

彼女はむぅと顔をしかめて、彼らの通信が終わるのをおとなしく待つ。

エルネストは、事務的な受け答えのあと、王太子からの通信を切った。そして、それまでと変わらぬ様子でデルフィーナを見る。

「一時間後に、また王太子が来るそうだ。ガリナ離宮が、王宮から切り離されることになったらしい」

「……へ？」

デルフィーナは、目を丸くした。

まったく意味がわからない。

困惑する彼女に、エルネストは淡々と告げる。

「この王宮は、最終的な安全装置として各ブロックに細分化した上で、予《あらかじ》め設定した区域にそれぞれを転移できるようになっているんだ。その緊急避難転移魔導を、ガリナ離宮に対して発動する。転移先は——どこだったかな」

まるで他人事のように彼は言うが、デルフィーナは青ざめた。

先ほどのやり取りで、彼女が『人畜無害《じんちくむがい》』どころか『危険な生き物』だと王太子に認定されてしまったであろうことは、想像に難《かた》くない。今、そんな指示がくるということは、厄介払い以外の何物でもないだろう。

エルネストにとっては、とんだとばっちりだ。

デルフィーナは、掠《かす》れた声で言う。

「それって……わたしみたいなドラゴンもどきを、城内に置いておくわけにはいかないからですよね？」

「まぁ、そうだな。おかげで、鬱陶《うっとう》しいやつらのいるここから離れられる」

デルフィーナは、ぽんと両手を打とうとし、エルネストに右手を確保されたままだったことに気づく。そんな自分の迂闊《うかつ》さを、彼女はへらっと笑ってごまかした。

「それは、とてもありがたいです！」

エルネストに迷惑をかけると思うと肝《きも》が冷えたけれど、本人が乗り気ならば問題はない。

離宮をひとつ丸ごと転移させる魔導となれば、さぞ高度で大掛かりなものなのだろう。

それを考えると若干《じゃっかん》腰が引けてしまうが、エルネストの言う通りだ。やんごとなき方々が住まう王宮から遠く離れた場所に行けるのなら、こんなに嬉しいことはない。

それから、エルネストは通信魔導具でクレイグに緊急避難転移魔導の発動について連絡した。クレイグは、すぐに状況を呑み込んだようだ。

彼は地下室にあったガリナ離宮の構造図をざっとチェックすると、あっという間に切り離し区画の安全確認を終えてしまった。つくづく、優秀な御仁《ごじん》である。

——王太子は、エルネストが彼の通信を受けてから、きっちり一時間後にやってきた。

彼は今回、十五人の護衛を連れている。彼らの姿は見えないが、あからさまにデルフィーナを警戒している気配がする。そのせいで、先ほどからどうにも居心地が悪い。

（そりゃあ、王太子殿下をドラゴンの炎で威嚇《いかく》したわたしも悪かったけどさ。あれは、そっちが先にエルネストさまをいじめたからじゃないかー）

基本的にデルフィーナは、自分から喧嘩《けんか》を売るつもりなど一切ない、小心者の平和主義者なのである。

だから、あまりにもちくちくとした視線を向けられると、ちょっぴりへこむ。

そのうえ、デルフィーナの視線の先では、再びハラハラする事態が勃発《ぼっぱつ》していた。

「王太子殿下。何も、あなたご自身がいらっしゃらなくてもよかったでしょうに。ひょっとして、暇なのですか？」

「誰が暇人だと⁉　離宮を転移させるためには、この鍵が必要なんだ。この鍵は、王家に伝わる秘宝だぞ。おいそれと、ほかの人間に触れさせられるわけがなかろう。それをわざわざ持ってきてやった私に、少しは感謝をしたらどうなのだ！」

エルネストと王太子が離宮の玄関で、前回と同じようにいがみ合っている。

王太子を出迎えるにあたり、エルネストは『あまりあいつを、おまえに近づけたくない』と主張し、彼女の手を離してしまった。

デルフィーナとしても、王太子とは極力距離を置いておきたいところだ。

クレイグからも、『殿下の腕輪の件を内密にするためにも、よけいな詮索をされることは避けておくべきでしょう』と言われている。

そのため、彼女はクレイグとともに、エルネストたちから少し離れたところで控えていた。

緊急避難転移魔導は、ガリナ離宮の正門両面に刻まれている魔導陣に、王太子が持ってきた魔導鍵を差し込むことで起動するらしい。

しかし、それを実行する前にエルネストが彼に喧嘩《けんか》を売るようなことを言ったものだから、何やら非常にピリピリした空気になっている。

エルネストは、淡々とした口調で王太子に告げた。

「ガリナ離宮の切り離しは、そちらの都合で決めたことでしょう。暇ではないとおっしゃるのなら、さっさと済ませてお帰りになられてはいかがですか」

（おぉー。エルネストさまって、やっぱり頭がいいんだなぁ）

こう言えば、自《みずか》らを『暇人ではない』と主張した王太子は、早めに用件を済ませて帰ろうとするだろう。

それにしても、この国の王太子はずいぶん怒りっぽい性格をしているようだ。いつも落ち着いているエルネストとは、えらい違いである。

腹違いとはいえ、つくづく似ていない兄弟だなぁと思っていると、王太子が両手を握《にぎ》りしめてぷるぷると震え出した。

「言われずとも、このような辛気臭いところに誰がいつまでもいるものか！　分離区画の安全確認は、済んでいるのだろうな!?」

「はい」

……一国の王太子が、こんなに煽《あお》られやすくていいのだろうか。

デルフィーナは、リナレス王国の国民のひとりとして、はなはだ不安になった。彼が外交の場で何か粗相《そそう》をした場合、最終的に不利益を被《こうむ》るのは一般国民なのである。いくら王太子がまだ年若いとはいえ——

そこまで考えて、デルフィーナの頭にふと疑問が浮かんだ。それを解消するべく、クレイグにこっそり問う。

「あの、クレイグさん。王太子殿下って、おいくつなんですか？」

「ファーディナンド殿下は、現在二十二歳でいらっしゃいます」

二十二、とデルフィーナはつぶやいた。

それは、彼女が考えていたよりも若い。エルネストが二十一歳だと聞いていたので、王太子の彼に対する偉そうな態度からして、もう少し年が離れていると思っていたのだ。

たしかに、王太子というからには、彼の母親はこの国の王妃に違いない。デルフィーナはよく知らないが、王妃ともなれば、さぞご立派な血筋を持つ女性なのだろう。

だが、いくら母親の出自が素晴らしかろうと、一歳しか年の違わない弟にこれほど偉そうな態度を取るとは——身分がどうこうという以前に、立派な成人男性のくせに恥ずかしい御仁《ごじん》だ。

デルフィーナがよほど不満そうな顔をしていたのか、クレイグは小さく苦笑して教えてくれる。

「王太子殿下を庇《かば》うわけではありませんが、普段のあの方は、もう少し落ち着いた物言いをなさるのですよ。あのような喧嘩《けんか》腰になられるのは、私の知る限り、我が主《あるじ》に対してだけです」

そうなのですか、とデルフィーナはうなずく。

「馬が合わない、というやつなんですかねぇ」

「単に、ファーディナンド殿下の度量が小さいのでしょう」

なんだか、身もふたもないことをサラッと言われた。こういったクレイグのストレートな物言いは、結構好きだ。

そうこうしているうちに、王太子は件《くだん》の鍵を使うことにしたようだ。

彼が内ポケットから取り出したのは、複雑な紋様《もんよう》を彫《ほ》り込まれた黄金のメダルに見えた。細い鎖がついていて、しゃれたペンダントにもできそうなつくりである。

王太子はガリナ離宮の正門の前に立つと、おもむろにメダルをかざした。小さな魔導の光が溢《あふ》れ、寸前まで何もなかった正門の柱の中央あたりに、音もなく四角い穴が開く。

そして、王太子がその穴の中にメダルを安置した瞬間、周囲の景色が一変した。

(う、わぁ……)

――不毛の大地。

周囲の景色を表現するなら、これ以上にふさわしい言葉はないだろう。

ガリナ離宮の敷地内に繁茂する草木が、灰色の岩とくすんだ砂ばかりの中で、まるでオアシスのように美しく見える。

見渡す限りの荒涼《こうりょう》とした大地の中に、ぽつんとガリナ離宮が立つ様子は、本当に異様だ。

クレイグが、ひとつため息をついてデルフィーナに説明する。

「話には聞いておりましたが、実際に目の当《ま》たり《あ》にすると驚かされますね。――デルフィーナさん。ここは東の隣国、カスト王国との国境に広がるジェネジオ砂漠です」

この土地は二十年ほど前に、カスト王国の侵略を阻《はば》むべく使用された大規模破壊魔導具の影響で、荒れ果てた土地になってしまったのだという。

そんな、とデルフィーナは口を開く。

「以前は、こんな寂しい場所じゃなかったってことですか？」

「はい」

かつてこの近くには、小さいながらも交易で栄《さか》えた街があったらしい。

その街の領主がカスト王国に寝返ったため、当時即位したばかりの国王が、示威《じい》目的で大規模破壊魔導具の使用に踏み切ったのだ。

この辺りは元々、商人たちが行き交う交易路があるばかりで、人が住むのに適さない痩《や》せた土地ではあったらしい。だがその魔導具を使用した結果、見渡す限りの大地が、まったく命の育《はぐく》まれない場所になってしまった。

水源が失われ、オアシスのひとつもない土地が延々と広がっていては、長距離移動が前提となる交易は難しい。以来、この土地にあった交易路は、完全に人々から忘れ去られることになったのだ。

言葉を失った彼女に、クレイグが言う。

「このような土地でなければ、緊急避難転移魔導による転移先に選ばれることもなかったのでしょうが……。実際にこの有様《ありさま》を見ると、やはり胸が痛みます」

デルフィーナは、ぎこちなくうなずいた。

それから、やはり周囲の様子に驚いていた王太子が、気を取り直したように語り出す。

今後、エルネストとクレイグが王宮へ赴《おもむ》く際には、諜報《ちょうほう》部に設置されている帰還の魔導陣を使うことになったらしい。当然ながら、魔導を使えないデルフィーナには、単独であちらへ直接戻ることは不可能だ。

クレイグが、申し訳なさそうにデルフィーナを見る。

「あなたには、不自由な思いをさせてしまいますね。申し訳ありません」

「あ、それは大丈夫です。わたしなら、どこへでも歩いて行けますので、気にしないでください」

何しろ彼女は、ドラゴン並みの体力と魔力の持ち主なのだ。その気になれば、この大陸を徒歩で縦断するくらい、さほど苦もなくできるに違いない。

そのため、こんな何もない場所に飛ばされたところで、あまり不自由は感じないのだが――

（転移先に人がいたりしたらまずいから、こういうなんにもない土地に飛ばされるっていうのは、わかるんだけどさ。前を見ても後ろを見ても、敷地の外にあるのは岩と砂だけっていうのは……。やっぱり、精神衛生上よろしくないなぁ）

――豊かな山育ちの身としては、生き物の気配がまるでない土地に囲まれるというのは、少々居心地が悪かった。

ここが生活の拠点になるというのは、クレイグがどれほどガリナ離宮を居心地よくしてくれたとしても、なんだかいやだ。

むぅ、と考えこんでいると、エルネストの話し声が聞こえてきた。

「お疲れさまでした、王太子殿下。用件が済んだのなら、早くお帰りになったらいかがですか？」

「そ……それは、そうだが！　いや、しかし……まさか、このような何もないところに飛ばされるなど……っ」

王太子が、何やらしどろもどろになっている。

どうやら彼は、ガリナ離宮の転移先についてよく知らなかったようだ。落ち着きなく視線を動かしている。

そんな王太子に、エルネストが言う。

「こうして離宮ごと飛ばしていただけたのだから、何も問題はありません。王宮のみなさまに、くれぐれもよろしくお伝えください。――エルネスト・ソレス・ロキ・フロレンティーノは、そちらからの召喚命令があるまで、今後一切そちらに足を踏み入れることはございません。どうぞご安心ください、と」

淡々とした口調ながら、『いつまでもグダグダしてねぇで、とっとと帰りやがれ』という本音が垣間《かいま》見える。

だが、エルネストの慇懃《いんぎん》無礼《ぶれい》さより、デルフィーナが遥かに興味を引かれたのは――

（おぉー！　エルネストさまのお名前は、エルネスト・ソレス・ロキ・フロレンティーノさまというのですね！　少し長いですが、王家とは無関係っぽい感じがとても素敵なお名前です！）

リナレス王国の王家は、ラトクリフ家だ。きっとフロレンティーノというのは、エルネストの母親の家名なのだろう。

今更ながら、エルネストの正式な名を知ることができて、とても嬉しい。ずっと気になっていたのだが、なかなか尋ねるタイミングがつかめず、聞きそびれていたのだ。

こんな形で望みが叶ったのは幸運だったけれど、デルフィーナとしても、次期国王陛下などに居座られては、居心地の悪いことこの上ない。

早く帰ってくれないかな、と思いながら何気なく周囲を見回し——彼女はふと違和感を覚えた。

(んん……？)

何か、おかしい。

この、上手く言葉にすることができない感じには、覚えがある。おそらくこれは、彼女の中にあるドラゴンの本能的なものが反応しているのだろう。

嫌悪感。忌避感《きひかん》。危険ではないけれど、不愉快。

なぜだか無視できないその感覚に引き寄せられるように、デルフィーナは鉄柵の向こうに広がる岩だらけの大地を注視する。

「デルフィーナさん。どうかなさいましたか？」

クレイグの問いかけに、顔をしかめてうなずく。

「なんだか、いやな感じがします。えぇと……上手く言えないんですけど、この辺りの地面の中にある……魔力の流れ？　みたいのが、ぐちゃぐちゃになっていて、気持ち悪いです」

感じているものについて説明しようとしたものの、どうにも子どもじみた拙《つたな》い言い方にしかならない。

デルフィーナがもどかしく思っていると、クレイグが表情を曇《くも》らせながら言う。

「それは……おそらく、先ほど申し上げた大規模破壊魔導具の影響ではないかと」

あまりに攻撃的な波長の魔力が高濃度で放出されたため、大地の魔力の流れが破壊されてしまったのだ。

一度破壊されてしまった流れが元通りになるには、数百年単位の時間がかかるらしい。

デルフィーナは、目を瞠《みは》ってクレイグを見た。

「ひょっとして、今のここがこんなふうに荒れ放題になっているのは、その——大地の魔力の流れが、壊れちゃったからなんですか？」

「はい。そのため、当時使用された大規模破壊魔導具は、国土そのものを破壊するものとして、城の奥深くに封印されることになりました」

そんなことをするくらいなら、最初から使うなと言いたいところだ。

しかし、そうなると——デルフィーナは少し考え、クレイグに問う。

「じゃあ、この辺りの地面の魔力の流れをきれいにできれば、ちゃんと木や草が生えてくるってことでしょうか？」

クレイグは、困り顔で首をひねる。

「理屈では、そうなりますが……。魔導研究所でも、大地の魔力の流れに干渉《かんしょう》する魔導の研究は、あまりに費用対効果が悪すぎるとして早々に断念されております」

壊すことはできても、それを元通りにすることは叶わない。

なんとも、無責任な話だと思う。

(うーん。そもそも、いくら領主が裏切ったからって、自分の国土を簡単に壊しちゃう国王陛下がいやすぎるんだけど。本当に、ろくなことをしない方だなぁ)

王宮に召喚されて以来、デルフィーナの中で、自国の王に対する敬意がものすごい勢いで目減りしている。

彼女が家族とともに、ずっと平和に暮らしてこられたのは、国王がきちんと政治を行《おこな》ってくれたおかげだろう。

そのことについて、一国民として感謝すべきだというのは、頭ではわかっている。

けれど、個人的な感情だけで言うなら、国王も王太子も大嫌いだ。彼らとエルネストの間に血の繋がりがあることが、なんとも不愉快で仕方がない。

デルフィーナが顔をしかめていると、エルネストがいつも通りの口調で王太子に言った。

「――帰らないということは、やはり暇なのですか。一国の王太子ともあろうお方が、嘆《なげ》かわしい」

頬を紅潮《こうちょう》させた王太子が、両手を握《にぎ》りしめてわめく。

「き……っ、きさまなど！　タンスの角に足の小指を思い切りぶつけてしまえばいいのだーっっ!!」

「……は？　何をいきなり……あぁ、もしかして、タンスの角に足の小指をぶつけたばかりなのですか？　お大事にどうぞ」

まったく感情のこもらない声でエルネストに労《いたわ》られ、王太子が黙った。

どうやら、図星だったらしい。

（うん……。あれは、痛いよね）

彼は再び、「また来る！」と言い置いて去っていった。心の底から、もう二度と来ないでほしい。

デルフィーナは、少しだけ王太子に同情する。

デルフィーナは、エルネストに駆け寄った。

「大丈夫ですか？　エルネストさま」

彼女がそう言って手を繋ぐと、エルネストは黙ってうなずく。しかし、先ほどよりも明らかに顔色が悪くなっている。

デルフィーナは、きゅっと唇を噛《か》んだ。やせ我慢も、ほどほどにしていただきたい。

主《あるじ》の様子を見ていたクレイグが、ひとつ息をついてエルネストに言う。

「殿下。三階主寝室の改装は済んでおります。夕食まで、少しお休みになってください。――デルフィーナさん、殿下のことをお願いしてもよろしいでしょうか？」

「はい！　お任せください！」

びしっと敬礼する勢いで、デルフィーナはいい子のお返事をする。

この短時間で、エルネストが自分の心身の健康について、ひどく無頓着《むとんちゃく》な青年であることがわかった。そして、クレイグはそんな彼のことを、心から心配しているようだ。

（きっと、エルネストさまの健康のために尊重《そんちょう》すべきなのは、ご本人の意向じゃなくて、クレイグさんの判断だってことだよね）

——デルフィーナの中で、クレイグへの信頼が、エルネストへのそれを上回った瞬間であった。

これからガリナ離宮に居候《いそうろう》する身として、少しは彼らの役に立ちたい。

彼女はキノコハンターの仕事がないとき、村の女性たちに頼まれて子どもたちの世話をしていた。病人の介護はあまり経験がないけれど、パワーの塊《かたまり》のような子どもの相手に比べれば、成人男性など恐るるに足らずだ。

（ふっふっふ……。おまけに、今のわたしはドラゴンパワーでとっても力持ち！　たとえエルネストさまが人事不省《じんじふせい》になったとしても、余裕で運ぶことができるのさー！）

王子さまをお姫さま抱っこ、という力技だって、今の彼女にはどんとこいである。

いつでも頼ってくれていいですよ！　という気持ちをこめて見つめていると、エルネストがなぜかわずかに身を引いた。

「おまえ……。今、何か恐ろしいことを考えていなかったか？」

デルフィーナは、きょとんと目を丸くして首をかしげる。

「別に、恐ろしいことなんて何も考えていませんよ？　ただ、エルネストさまがどこかで力尽きて倒れても、今のわたしならちゃんと受け止めて、三階の寝室までお姫さま抱っこで運べるな——と思っていただけです」

そう答えた途端、エルネストが青ざめた。

デルフィーナは、慌てて言う。

「大丈夫ですか、エルネストさま！　なんでしたら、今すぐわたしが三階のお部屋まで運んで差し上げ――」

勢い込んだ彼女の目の前に、エルネストが大きな手を向けた。

待て、の意だと悟《さと》り、おとなしく次の指示を待つ。

「……デルフィーナ」

「はい。なんでしょう？」

ややあって、エルネストが切実な口調で言う。

「お姫さま抱っこは、やめてくれ。……想像しただけで、心が折れそうになった」

「そうなのですか。了解しました」

素直にうなずいて、デルフィーナは思った。お姫さま抱っこがダメなら、いざというときには肩に担《かつ》ぎ上げるしかないな、と。


そんなふうにしてはじまったガリナ離宮での生活は、デルフィーナが想像していたよりも、遥かに快適なものだった。

何しろ、家令であるクレイグの有能さが、留まるところを知らなかったのである。

（食事の支度をしなくても、毎日三食美味《おい》しいご飯が出てくるし、後片付けもしなくていい。おまけに、ちょっとお腹が空《す》いたなーと思ったら、素敵なスイーツまですぐに出てくるなんて……）

この贅沢《ぜいたく》に慣れてしまいそうで、少し怖い。

諜報部《ちょうほう》の魔導士というのは、みなクレイグ並のハイスペックさなのだろうか。だとしたら、国王をはじめとする王族に問題があっても、多少のことならばなんとかしてくれそうだ。ものすごく、心強い。

そして、ガリナ離宮に導入されている魔導具は、どれもデルフィーナが見たこともないほど立派なものだ。それらのおかげで、離宮はいつも清潔に整えられている。

数日前には殺風景だった内装も、クレイグの見事な手腕で、今やすっかり『王子さまの住まい』にふさわしいものになっていた。

これで、肝心のエルネストが優雅にお茶を楽しむ元気でもあれば、まさに完璧な仕上がりだったのだろうが――

あいにく、エルネストの体調は芳《かんば》しくない。

デルフィーナがガリナ離宮にやって来てから、三日目の夜。

夕食のあと風呂に行ったエルネストが、彼女の待つ居間へ姿を現したとき、彼は風呂上がりとは思えない様子であった。顔からは完全に血の気が引き、足取りこそしっかりとしていたものの、無理をしているのが丸わかりだ。

しかし、髪はきちんと乾いていて、風呂上がりに自室で髪を乾かしてきたのだろうとうかがえる。

デルフィーナは居間の入り口にすっ飛んでいき、エルネストの手を掴《つか》む。彼はほっと息をついて、表情を緩《ゆる》めた。

「エルネストさま。そんなに気分が悪いのでしたら、髪が半乾きだろうとわたしを呼んでくださいよ。あんまりひどい顔色をしていらっしゃるから、幽霊かと思っちゃったじゃないですか」

「……オレの部屋におまえを入れるのは駄目だと、クレイグ・エースに言われてる」

基本的に素直なエルネストは、クレイグの言いつけを律儀《りちぎ》に守っているらしい。

そのまま二人掛けのソファに並んで腰かけ、デルフィーナは口を開く。

「大丈夫じゃないときは、ちゃんとそう言ってくださいね。エルネストさまが本当につらいのでしたら、クレイグさんもあんまり頭の固いことは言わないと思いますよ」

この三日でわかったのだが、今のデルフィーナの体はさほど休息を必要としない。エルネストが望むなら、彼が眠っている間、ベッドの脇でずっと手を握《にぎ》っていることができる。

彼女がそう提案すると、エルネストは少し考えるようにしたあと、首を横に振った。

「これも、クレイグ・エースに言われたんだが……。おまえの家族に顔向けできなくなるような真似は、極力しないほうがいいらしい」

デルフィーナは、思わず笑ってしまう。

それはまた、生真面目《きまじめ》なクレイグの言いそうなことだ。

たしかに普通の状況であれば、夜の寝室にふたりきりというのは、恋人か夫婦でなければ許されまい。しかし、イーズレイルの腕輪を嵌《は》めたエルネストは、半分病気のようなものだ。

病人の介護であれば、そんなことはまったく問題にならない。

「エルネストさまがつらいときに、自分にできることがあるのにしなかったというほうが、よほど母に叱られてしまいます」

「クレア殿か」

エルネストが、何かを思い出すように遠い目をする。

「きっと、おまえのことを心配しているんだろうな」

「……そうですね。でも、仕方がありません。帰ったら、がんばって母の好きなワインゼリーを作ってみようと思います」

母の好物のひとつは、不器用なデルフィーナにも作れる『材料を温めて、混ぜて、冷やすだけ』という簡単スイーツだ。作るのが難しいものばかりではなくて、本当によかった。

そんなことを考えていると、エルネストがじっと見つめてきた。

「おまえ、料理できんのか？」

「できなくはないですが、苦手です。母のレシピを見れば、ある程度はそれっぽいものが作れますけど……。家族に言わせると、どうも味付けが大雑把《おおざっぱ》なんだそうです」

苦笑した彼女に、エルネストが不思議そうな顔になる。

「レシピって、料理の設計図のことだろう？　同じ設計図で作ったら、クレア殿の料理と同じものができあがるんじゃねぇのか？」

「エルネストさま。それが、料理というものの、難解で深遠なところなのですよ……」

厳《おごそ》かに告げると、彼はそれ以上深く追及するのはやめた。

デルフィーナは、それよりもと彼を見る。

「大体、わたしの手を離すたびにこんなに気分が悪くなるんだったら、夜もあんまり眠れていないんじゃないですか？」

エルネストが、すっと目を逸《そ》らす。この王子さまは、意外とわかりやすい御仁《ごじん》であった。

ため息をついて、デルフィーナは言う。

「わかりました。エルネストさまが本当に無理だとおっしゃるまでは、わたしも寝室に押しかけたりはいたしません」

その代わり、と彼女は繋いだ手を軽く握《にぎ》った。

「明日から、庭でのお昼寝タイムを導入しましょう。屋外でなら、エルネストさまが眠っているときにわたしが手を繋いでいても、何も問題はないですよね？」

エルネストが、驚いた顔で振り返る。

「いや……それは、おまえが暇だろう？」

言外に彼女の提案を否定する彼に、デルフィーナはにこりと笑う。

「そんなことは、気にしなくてもいいんですよ。エルネストさまがきちんと眠れていないことのほうが、よっぽどいやです」

日に日にエルネストの疲労が溜まっていくのをただ見ているくらいなら、日向《ひなた》ぼっこをしながらぼーっと空を眺めている程度のことなど、なんでもない。

――正直なところを言うなら、エルネストがデルフィーナを抱えながら、走ったり跳んだり魔導剣を発動させたりするのに付き合うよりも、よほどいい。

彼女は昨日の午後、『いざというとき、敵と戦えなけりゃ意味がねぇ』というエルネストの主張に負け、彼の自主訓練をうっかり許可してしまったのだ。

それ以来、デルフィーナの彼を見る目は、少々変わった。

ドラゴンもどきの彼女が言うのもなんだが、エルネストは本当に人間なのだろうかと疑ってしまうほど、常人離れした動きをして見せたのである。

イーズレイルの腕輪を外すことができた暁《あかつき》には、一度全力で追いかけっこをしてみたいくらいだ。

それはさておき、夜にエルネストがろくな睡眠をとれていないのは、まったくもっていただけない。

「睡眠不足では、それこそいざというときに動けなくなってしまうかもしれないでしょう？　お昼寝くらい、いくらでもお付き合いしますから。自主訓練はやめて、ちゃんと眠って、きちんと体を休めてください」

エルネストは、しぶしぶといった様子でうなずく。彼女の訴《うった》えを受け入れてくれたようだ。

デルフィーナは、密かにガッツポーズを決めた。

ドラゴンの魔力を得てから、自分の体がものすごく頑丈になったのは、わかっている。それでも、エルネストのハードすぎる自主訓練に付き合うのは、ちょっぴり怖いのだ。

翌朝、朝食の際にクレイグにデルフィーナの提案を伝えたところ、彼は快《こころよ》く認めてくれた。

「それでしたら、ピクニック用のシートとブランケットをご用意いたしますね」

「ありがとうございます、クレイグさん！」

彼の気遣いに、デルフィーナは笑顔で礼を言う。ちなみにクレイグは、昨日から大変素敵な執事服姿であった。眼福《がんぷく》で、とても嬉しい。

ほこほこした気分で朝食を終え、巨大なリュックを背負ったエルネストとともに庭に出る。

――鉄柵の向こうは、相変わらず岩と砂だらけの不毛の大地だ。

離宮の庭は、いつの間にかきれいに雑草を刈り込まれ、すっきりと整えられている。

エルネストが肩に引っ掛けているリュックの中身は、クレイグがまとめてくれたピクニック用品だ。デルフィーナが持つと言ったのだが、それは断固として拒否された。

(今は、わたしのほうが力持ちなのにな)

きっと、王子さまにも譲《ゆず》れない一線というものがあるのだろう。

広々とした庭園の一角に、見事な枝ぶりの大きな木が立っている。かすかな風に木漏れ日《こもれび》が揺れて、絶好のお昼寝ポイントだ。

デルフィーナはエルネストと一緒に、ピクニック用のシートを広げる。そのシートは少し厚みがあって柔らかく、とても寝心地がよさそうだ。

デルフィーナはリュックの中から、いそいそとブランケットを取り出す。その下に、大きなバスケットが入っているのを見つけた。

なんだろうと思って取り出すと、中には美味《おい》しそうな軽食と飲み物の入った瓶、保冷魔導具に詰められた氷まで入っている。

デルフィーナは、エルネストに問う。

「あの……エルネストさま。クレイグさんって、本当に諜報部《ちょうほう》の魔導士だったんですか？　この気配りの素晴らしさは、元々こういったお仕事をされていたと言われたほうが、よほど納得できるのですが」

「あいつが諜報部《ちょうほう》の魔導士だったのは、間違いねぇぞ。連中は、いろんなところに身分を偽《いつわ》って潜入することが多いからな。こういう仕事にも、それなりに慣れてるんだろ」

なるほど、とデルフィーナはうなずいた。クレイグには、世を忍《しの》ぶさまざまな仮の姿があるらしい。

何はともあれ、今はエルネストのお昼寝タイムである。

シートの隅《すみ》にリュックやバスケットを置いて重《おも》しにすると、デルフィーナはエルネストの手を引っ張った。

「さぁ、どうぞ。エルネストさま。わたしのことはキノコの置き物だとでも思って、のんびりお休みになってください！」

「……キノコは、さすがに無理がねぇか？」

首をひねりながら、エルネストはシートに腰を下ろす。

やはり、疲れがかなり溜まっていたのだろう。彼は体の左側を下にして横になると、目を閉じて小さく息をついた。

「悪い。少し、寝る」

「はい。おやすみなさい、エルネストさま」

繋いだ指から、すぐに力が抜ける。次《つ》いで、彼の呼吸が、すぅと深く落ち着いた。

なんとなく、彼は人前で眠ることに抵抗を覚えるタイプのような気がしていたので、その呆気《あっけ》なさに少し驚く。

(眠れない、ってぐずるようだったら、子守唄のひとつでも歌ってあげようかと思ってたんだけどなー)

ほどけそうになる指を握《にぎ》りなおしながら、デルフィーナは木漏れ日《こもびび》の向こうに広がる空を見る。

きれいだな、と思う。

こんなふうに、何もすることがない時間というのは、嫌いじゃない。

頭の中を空《から》っぽにして、風が木の枝を揺らす様《さま》を眺める。

それから、どれほど時間が過ぎたのだろう。少し体勢を変えようかな、と思ったとき、ふわりと周囲に濃い密度の魔力が満ちた。

一瞬、デルフィーナは腰を浮かせかけたが、エルネストはまったく目を覚ます様子がない。

もしやと思っている間に、目の前に現れたのは——

「おい、デルフィーナ。これはまた、ずいぶん辺鄙《へんぴ》なところに飛ばされたものだな」

見上げるほどの巨躯《きょく》に、アイスブルーの瞳を持つ、純白の美しい狼であった。

束の間、デルフィーナは言葉を失う。

神々《こうごう》しいまでの相手の姿に、圧倒されてしまったのだ。

その姿を見たのははじめてだが、覚えのある魔力と声で相手が何者なのか見当がついた。

「は……白銀の君で、いらっしゃいますか？」

彼女の問いかけに、巨大な狼がぴこっと耳を動かす。

その姿が突然消えた——と思ったとき、低い位置から気まずそうな声が聞こえてきた。

「すまんな。うっかり、本来の姿で来てしまった」

そう言うのは、たしかに以前会った愛くるしい仔犬——もとい、エルネストの契約魔獣、ウルシュラだ。

デルフィーナは何度も瞬《まばた》きをして、ようやく目の前の現実を受け止めた。

「こんにちは、白銀の君。先日は、大変お世話になりました」

エルネストを起こさないよう、できるだけ小さな声で挨拶《あいさつ》をする。

「うむ。そなたから預かった手紙は、きちんと家族に届けてきたぞ」

白い魔獣は、やはり小声で言いながら、えっへんと胸を張る。その姿は、気を抜くとじたばた悶《もだ》えたくなるほど可愛らしい。

デルフィーナは、震えそうになる声でどうにか礼を言う。

「ありがとうございます。この場所へは、その……王太子殿下のご命令で、白銀の君が発《た》たれたあとすぐに移動して参りました」

それだけで、白銀の君は大まかな事情を察したのだろう。不快そうに尻尾を下げ、剣呑《けんのん》な目つきで言う。

「どうせ、小心者の国王が、おまえを城内に置いておくのをいやがったのだろうよ。まぁ、そんなくだらんことは、どうでもいいわ」

白銀の君は、デルフィーナの膝のそばまでやってくると、ぴくりとも動かない契約者の寝顔を見下ろした。

「……なるほど。おまえとの接触で、魔力が安定しているのだな。だが、おまえに触れられぬ夜の間はろくに休むことができないため、この有様《ありさま》というわけか」

一目で契約者の状態を看破した白銀の君が、つぶらな瞳でデルフィーナを見る。

「デルフィーナ。おまえ、歌は得意か？」

唐突な問いかけに、デルフィーナは目を丸くした。内心首をかしげつつ返事をする。

「流行《はや》りの歌は知りませんが、故郷で母から教わった子守唄や、森へ感謝を捧《ささ》げる歌なら、いくつか歌えます」

白銀の君は、そうかとうなずく。ふわふわの尻尾が、ぴんと立った。

人間が使う魔導の理《ことわり》は、魔獣である白銀の君にはわからないのだという。

だが、デルフィーナに宿った魔力は、地の属のドラゴンのものだ。ドラゴンたちは、己《おのれ》の魔力を歌にのせて、遠く離れた場所にまで伝えることができるらしい。

そう説明し終えると、白銀の君はデルフィーナにびしっと命じた。

「デルフィーナ。試しに、エルネストが元気になるように念じながら、歌ってみろ」

ものすごく期待に満ちた目で見つめられ、デルフィーナは困惑する。

「突然、そう言われましても……。歌に魔力をのせるなんて、どうやったらいいんですか？」

「知らんわ。我らは、この世界に生まれ落ちた瞬間から、己《おのれ》の力の使い方を知っているからな。おまえたちが二本の足で立ち上がり、両手で道具を使うようになるのと同じことだ。口で説明することなどできん」

堂々と無茶なことを言われすぎて、文句を言うのもためらわれた。

白銀の君は、軽く前脚を上げてデルフィーナを促《うなが》す。

「おまえが触れていない状態でも、エルネストが役立たずにならずに済むのであれば、それに越したことはなかろう。何事も、挑戦あるのみだ。実際にやってみなければ、それができるかできないかもわからんだろうが」

それはたしかに、その通りだ。

デルフィーナはしばしの間逡巡《しゅんじゅん》したが、失敗しても誰が困るわけでもない。

（……いや、エルネストさまがうるさくて目を覚ましちゃうかもしれないな。まぁ、いくら小声でも、白銀の君とこれだけおしゃべりしているのに起きないんだから、たぶん大丈夫……ということにしておこう）

彼女としても、これ以上エルネストが疲労困憊《こんぱい》していく様子は、見たくない。

白銀の君の助言に従《したが》い、彼が元気になることを願いながら目を閉じ、息を吸って口を開く。

森の奥で声がする

ここにおいでこっちだよ
妖精たちが歌ってる
ハーブにベリー　キノコもたくさん
みんなお腹がいっぱいになったら
妖精たちにお礼をしよう
丸い小石に一番大きなベリーをひとつ
春の陽だまり夏の風
色づく秋に純白の冬
ありがとうまた来るよ
ありがとうまた来てね

デルフィーナの故郷で歌われている、素朴《そぼく》できれいな旋律《せんりつ》の歌だ。彼女が幼い頃、子守唄として母がよく歌ってくれたものである。

とりあえず、自分の一番好きな歌を歌ってみた。

幸いなことに安眠妨害にはならなかったようで、エルネストは眠ったままだ。ほっとしたデルフィーナは、そばで『お座り』の体勢になっていた白銀の君に問う。

「白銀の君。エルネストさまは、少しはお元気になったでしょうか？」

もふもふの小さな魔獣が答えるまで、少しの間《ま》があった。

「……うむ。残念ながら、おまえは魔力を操《あやつ》ることに慣れておらんからな。こやつの体力を回復させるという目的は、さほど達せられなかったようだ。だが、まったく効果がなかったわけではないぞ。これで少しは、体が軽くなったように感じるはずだ」

デルフィーナは嬉しくなった。

「そうですか。これからがんばって練習すれば、エルネストさまをもっとお元気にできるようになれるでしょうか？」

「うむ。さすがは、ほぼドラゴン一頭ぶんの魔力を得ただけはある、と言うべきなのかな。……デルフィーナ。少し、周りを見てみろ」

何やら愉快がっている様子で言われ、デルフィーナは周囲を見回し——奇妙な違和感を覚える。

庭の様子に、これといって変わったところはない。

だが、ここから見える景色は、これほど緑が濃かっただろうか。

（んん……？）

首をひねったデルフィーナは、そこでようやく違和感の原因に気づく。

思わず真顔になって、白銀の君を見た。

「あの……白銀の君。先ほどまで岩と土しかなかったはずの離宮の外が、とても素敵な草原になっているように見えるのですが、なぜなのでしょう？」

「そうだな。この大陸において、地の属のドラゴンの役目は、大地の魔力の流れを整えることだ。おまえが歌にのせた魔力は、我《わ》が契約者には上手く伝わらなかったようだが、この辺りの大地にはしっかりと伝わっていたようだぞ」

よかったな、と言わんばかりにぱたぱたと尻尾を振る白銀の君は、とても可愛い。それはもう、抱っこして全力で頬ずりをしたいほど愛くるしい。

だが——

（エルネストさまが目を覚ましたら、びっくりしちゃうだろうなぁ……）

できればそのときまで、白銀の君にはここに留まっていてほしいものである。

デルフィーナには、この事態を上手く説明できる自信がない。彼女は少し考えてからうなずくと、にこりと笑って白銀の君を見た。

「白銀の君。そちらのバスケットに、この離宮の家令さんが用意してくれた、とても素敵な軽食が入っているんです。エルネストさまが目を覚まされたら、一緒に召し上がっていただけませんか？」

「おぉ。それは、楽しみだな。では、こやつが起きるまで、我もひと眠りさせてもらうとするか」

そう言うなり、もふもふの仔犬が丸くなって目を閉じる。

その愛くるしさに『はあぁああん……！』と叫びそうになるのを必死にこらえながら、デルフィーナは思った。

長い年月を生きてきた、偉大なる魔獣である白天狼も、美味《おい》しい人間のご飯で釣ることができるのだな——と。

第七章　水大蛇

涼やかな少女の歌声が、心地よく耳に響く。

エルネストは目を細め、その歌に聞き入った。

数日前、エルネストの契約魔獣の助言を受けて『魔力を声にのせて歌う』ことを知ったデルフィーナは、それからたびたびガリナ離宮の庭で歌っている。

何度か検証した結果、エルネストと手を繋いだ状態でデルフィーナが歌えば、彼の心身に蓄積した疲労が軽減されるとわかったからだ。

だが、たとえそういった効果がなくとも、彼女の歌を聞いているのは気持ちがいい。

（でも、なんつうかこう……。こいつはオレのために歌ってんのに、オレよりそこらの地面のほうが元気になるってのは、面白くねぇな）

彼女が歌うたびに、ガリナ離宮の外はどんどん鮮《あざ》やかな緑で覆《おお》われていく。

その様子を目の当《ま》たり《あ》にしたクレイグは、真顔で『……洗濯物が、砂埃《すなぼこり》まみれにならずに済んでありがたいです』と言っていた。

この事態が、そんな単純な問題ではないのは、エルネストも彼もわかっている。

魔力の流れを完全に破壊された大地を、デルフィーナは驚くほど短期間で修復しつつある。王宮の人間がそれに気づけば、必ず彼女を利用しようとする動きが出てくるだろう。

とはいえ、今の彼女に危害を加えられる人間など、ほとんどいない。

可能性があるとすれば、この国ではイーズレイルくらいのものだろう。そして、あの変態魔導士は、エルネストが必ず捕縛《ほばく》すると決めている。

つまり、デルフィーナの歌声が持つ力が王宮側に伝わったとしても、さほど警戒する必要はないのだ。

心置きなく彼女の歌を聞いていたとき、エルネストの通信魔導具が反応した。

見れば、今はこちらに連絡をしてくるはずのない相手からだ。訝《いぶか》しく思いながら通信を受ける。

「なんだ？」

『おい、殿下。なんだ、じゃねぇだろうよ。ガリナ離宮が、とんでもねぇ僻地《へきち》に飛ばされたそうじゃねぇか。俺たちになんの説明もねぇってのは、どういう了見だ？　そっちにある帰還の魔導陣を使わせてもらうぞ』

通信の相手――ダグラス・ジェファーソンは、勝手なことを言うなり通信を切った。

彼は、エルネストが預かっている、平民部隊の副隊長を務める男だ。

面倒だなと思っている間に、正門前に設置してある帰還の魔導陣が淡《あわ》く光った。

直後に現れた人影に気づき、デルフィーナは歌うのをやめてエルネストを見る。

「エルネストさま。ひょっとして、今通信してきた方ですか？」

「あぁ。呼んだ覚えはねぇけどな。オレの部下だ。――なんの用だ？　ジェファーソン」

呼びかけられたジェファーソンは、エルネストとデルフィーナを見てひどく驚いた顔になった。そして、ずかずかとこちらへ近づいてくる。

彼は決して筋骨隆々《きんこつりゅうりゅう》というわけではないのに、やたらと威圧感のある人物であった。はっきり言って、とてもカタギには見えない。

短い褐色《かっしょく》の髪を乱雑に後ろへ撫《な》でつけ、いつも不機嫌そうな顔をしている。灰色の目の光は鋭《するど》い。これで顔に傷でもあれば、裏社会の構成員だと言っても通用するだろう。

（こいつは、母上に心酔してると言ってもいいくらい忠義を尽くしてたらしいからなぁ）

エルネストは、母親であるディアドラの『不幸の証《あかし》』だ。そのせいで、ジェファーソンはエルネストのことが気に入らないのだろう。

彼は、作戦行動以外ではエルネストを完全に無視している。ほかの部下たちにも、絶対に直接エルネストと関わらせないという徹底ぶりだ。

そんな状況ではあるものの、エルネストが一番多くの時間をともに過ごしているのは、ジェファーソンをはじめとする平民部隊の者たちである。彼らの会話を耳で聞いていただけなのに、平民階級のざっくばらんな口調に、すっかり馴染《なじ》んでしまった。

ジェファーソンがエルネストたちまで数メートルというところまで来たとき、離宮の方から冷ややかな声が聞こえてくる。

「ダグラス・ジェファーソン殿。イーズレイルの件が片付くまで、殿下は諜報《ちょうほう》部の指揮下にあります。その間、平民部隊の全権はあなたに委任されているはずです。何か指示を仰《あお》ぎたいことがあるなら、諜報部《ちょうほう》に直接どうぞ」

玄関から出てきたクレイグが、その声と同じくらい冷え切った眼差《まなざ》しでジェファーソンを見ていた。

「……てめぇは、なんだ。諜報部《ちょうほう》の犬か？」

相変わらずドスのきいた声で、ジェファーソンが凄《すご》む。

クレイグは彼の目の前に来ると、にこりとほほえんだ。

「ご挨拶《あいさつ》が遅れました。先日、ガリナ離宮の家令を拝命したクレイグ・エースと申します。今後、殿下の身の回りはすべて私が取り仕切らせていただきますので、どうぞご承知おきください」

「家令だぁ？　胡散《うさん》くせぇな」

ジェファーソンは鼻を鳴らすと、ちっと舌打ちをした。

「まぁ、いいや。俺はただ、殿下が離宮に得体の知れねぇ若い娘を連れ込んだって噂《うわさ》を聞いて、たしかめにきただけだ。その娘が、ガリナ離宮が飛ばされた原因らしいってんだからな。――殿下。そのお嬢ちゃんは、どこのどちらさんなんで？」

彼は、値踏みするような視線をデルフィーナに向ける。

その不躾《ぶしつけ》な言動に、エルネストよりも先にクレイグが口を開いた。

「言葉に気をつけていただけますか、ジェファーソン殿。彼女は、殿下の庇護下《ひごか》にある客人です。何より、我々の不手際で多大な被害を受けられた方。断じて、無礼は許しません」

そして、クレイグが事情を一通り語っていくうちに、ジェファーソンの顔つきがますます剣呑《けんのん》なものになる。

彼のまとう空気の荒々しさが、裏社会の構成員から、裏社会の総元締めにレベルアップした。あまり無駄な迫力を醸《かも》し出されては、デルフィーナが怯《おび》えてしまうのではと心配したのだが――

「どうかしたか？　デルフィーナ」

彼女は怯《おび》えていなかったものの、何やらひどく困惑した表情でジェファーソンを見ていた。

デルフィーナは、パチパチと瞬《まばた》きをしたあと、エルネストを見る。

「あの……ジェファーソンさんは、エルネストさまと長いお付き合いなのですか？」

「まぁ、そうだな。オレが十三のときに平民部隊を任されるようになってから、ずっとあいつが副隊長をしてる」

デルフィーナがわずかに目を見開いた。そして少しの間のあと、鮮《あざ》やかな緑の瞳に剣呑《けんのん》な光が浮かぶ。

「……なるほど。ただ今、わたしは国王陛下に対し、『他人の婚約者に手を出すゲス野郎』に加え、『十三歳の子どもに危険すぎる仕事を押し付けるクズ野郎』という称号を追加しました」

ぼそっと低くつぶやかれた言葉に、エルネストは首をかしげる。

彼がはじめて前線に投入されたのは、九歳のときだ。平民部隊への着任はそれなりに経験を積んでからのことだったため、特に不都合はなかった。十三歳で今の仕事を任されたことに関して、不満を抱《いだ》いたことはない。

しかし、この国の王がゲスなクズだという点について、反論の余地はない。

エルネストは、おとなしく沈黙を選んだ。

そのとき、クレイグの説明を聞いてからずっと黙っていたジェファーソンが、突然ずかずかとこちらへ近づいてきた。

何事かと思っていると、彼は暴走魔獣も逃げ出しそうな凶悪すぎる顔で、デルフィーナの前に立つ。

そして――

「かわいそうになぁ、お嬢ちゃん……！　こんなちっこいおまえさんが、なんでそんなひでぇ目に……ッ。イーズレイルの変態クソ野郎を見つけたら、おっちゃんが全力でボコボコにしてやるからな！」

ぶわっと目を潤《うる》ませ、デルフィーナの髪をわっしわっしと撫《な》で回した。

（……おっちゃん？）

ジェファーソンとはもう八年の付き合いだが、彼が自分を『おっちゃん』と称するのを聞くのは、はじめてだ。

視界の端で、クレイグが絶句して固まっている。

涙目の強面《こわもて》男に撫《な》でられているデルフィーナなど、目と口をぽかんと開けたままだ。

彼女の首がぐらぐらと揺れているところを見ると、ジェファーソンはかなりの力で撫《な》でているのではなかろうか。

彼には、気が高ぶると手加減を忘れてしまうところがある。そのせいで、殺処分の決まった討伐《とうばつ》対象が原形を留めなくなることが、何度かあった。

ドラゴンの魔力の影響で、頑強な肉体を持つデルフィーナにとっては、大した力ではないのかもしれない。それでも、彼女の庇護者《ひごしゃ》としては、ジェファーソンに注意をすべきだろう。

「ジェファーソン。デルフィーナが目を回す。やめろ」

「……おっと、いけねぇ。お嬢ちゃん、大丈夫か？」

ジェファーソンは、ぱっと手を離した。その拍子に、デルフィーナが一瞬のけぞる。

彼女は、体勢を立て直すなり、恨《うら》みがましげに相手を見た。

「ジェファーソンさん！　今の頭わしわしするやつ、わたしが普通の女の子だったら、むち打ちになってもおかしくなかったですからね！」

「お……おぅ。スマン」

涙目になった彼女に叱られ、ジェファーソンが気まずそうに眉を下げる。

デルフィーナは、そんな彼にびしりと言った。

「大体、ジェファーソンさんみたいな甲斐性《かいしょう》なしに、イーズレイルっていう変態魔導士を、タコ殴りしてもらう予定はありませんッ！」

「あぁん⁉　誰が甲斐性《かいしょう》なしだ、コラァ‼」

ジェファーソンは感情的に言い返したあと、はっと我に返った様子で「あ、ヤベェ」とつぶやく。

自分が相手にしているのが、初対面の少女だと思い出したのだろう。

デルフィーナは彼のガラの悪さに臆《おく》したふうもなく、剣呑《けんのん》な目つきで口を開いた。

「ジェファーソンさんは、エルネストさまが十三歳の頃から、副隊長としてそばにいたんですよね。なのに、いまだに全っ然、信頼関係が築けていないなんて、そんなの甲斐性《かいしょう》なしとしか言いようがないと思います！」

ジェファーソンが、わずかに目を瞠《みは》る。

エルネストはデルフィーナの発言に若干《じゃっかん》不安を覚え、軽く右手を上げて言う。

「デルフィーナ。オレはこいつらに、ちゃんと規定通りの給金を出してるぞ。危険手当がつくぶん、一般の兵士よりはずっと稼《かせ》いでるはずだ。それに見合う働きはしてるし、甲斐性《かいしょう》なしとは言えねぇと思う」

彼の主張に、デルフィーナはややあってから厳《おごそ》かな口調で答える。

「……エルネストさま。男の甲斐性《かいしょう》とは、稼《かせ》ぎの多寡《たか》のみで判断されるものではないのです。少なくとも、八年もかけて上司の信頼を得られないような男性は、わたしは甲斐性《かいしょう》なしだと見なします」

上司、とエルネストはつぶやいた。

「オレの上司は――国王か」

その事実に、どんよりと気分が暗くなる。エルネストは国王から『最も使い勝手のいい駒《こま》』と認められる程度の働きはしてきたものの、まず絶対に信頼はされていない。

きちんとデルフィーナと手を繋いでいるのに、なぜか胃の辺りが重くなった。

「……あいつの信頼を得るとか、一生かけても無理な気がする」

「あぁッ！　いいんですよ、エルネストさま！　上司がゲスでクズの場合、そんな相手の信頼を得られるほうがマズいのです！」

デルフィーナは慌てた様子で言ったあと、再びキッとジェファーソンを睨《にら》みつける。

「ねぇ、ジェファーソンさん。初対面のわたしには同情してくれたのに、どうしてずっとそばにいたエルネストさまのためには、何もしてくれなかったんですか？　……そりゃあ、たった十三歳の男の子が上司になったのは、面白くなかったかもしれないですけど」

そこで、デルフィーナは悔しげに唇を噛《か》んだ。

「国王陛下は完全な父親失格野郎だし、王太子殿下はエルネストさまをいじめるし、バカな貴族連中なんて殺しに来るし！　エルネストさまの部下だっていうなら、ジェファーソンさんくらい、味方になってくれたってよかったじゃないですか！」

デルフィーナが、怒っている。

怒《いか》りというのは、冷静な判断力を失わせるため、決していい感情ではない。彼女がそんな感情に支配されている状態は、本来ならば厭《いと》うべきだ。

けれど、そのときエルネストが感じたのは、紛《まぎ》れもない歓喜だった。

彼女が、過去の幼かった彼を思って、怒っている。

誰かが自分のために怒ってくれるというのは、これほどまでに嬉しく感じるものなのか。

こんな喜びをくれるデルフィーナを、失いたくないと強く思った。

彼女のそばにいて、この手で守りたい。自分の見ていないところで、彼女が泣いているところを想像するだけで、締めつけられるように胸が痛む。

デルフィーナには、自分のそばで、いつも幸せに笑っていてほしい。

今、心からそう思う。

――『コイ』というのは、特定のひとりに対してのみ心のありようが優しくなって、その笑顔を見たいと思うこと。楽しい時間を共有したい、離れがたいと思うことだと、彼女は言った。

あのときは、まだ確信は持てなかったけれど、今ならわかる。

エルネストのはじめての『コイ』の相手は、デルフィーナだ。

数日前からもやもやしていたことに結論が出て、エルネストはスッキリした。よしよし、とうなずき、この件は頭の中にある『解決済み』の棚にしまっておく。

そこで、ジェファーソンの上擦《うわず》った声が、エルネストの意識を引き戻した。

「……なん、だって？」

ジェファーソンの声はひどく掠《かす》れ、彼の魔力は激しく乱れている。

魔力の乱れは、精神の乱れだ。

エルネストは、一体何事かと目を細め、いつでも距離を置けるように身構える。

そんな彼に、なぜか顔色を悪くしたジェファーソンが言う。

「殿下。今の……お嬢ちゃんが言ったのは、本当なのか？　アンタが……貴族連中に、殺されかけた、ってのは……」

「今さら、何を言ってやがる？」

エルネストは、眉根を寄せた。

彼が反国王派の貴族たちに疎《うと》まれ、隙あらば暗殺の手を向けられているのは、王宮では公然の秘密である。

そう言うと、ジェファーソンはますます蒼白《そうはく》になった。

ぐっと両手を握《にぎ》りしめた彼に、クレイグが冷ややかに告げる。

「あなたは、長年殿下の副官としておそばにありながら、そんなこともご存知なかったのですか？」

「……っ知るわけ、ねぇだろう！　王宮の連中が、そんなふざけたことをするなんて……っ。畜生《ちくしょう》、殿下も殿下だ！　そんなことになってんだったら、なんで俺たちにそう――」

拳《こぶし》を握《にぎ》りしめ、激高《げきこう》した様子のジェファーソンと視線がぶつかる。

なんの感慨もなく見返していると、彼の顔からすっと表情が消えた。

彼はのろのろと拳《こぶし》を開き、ぐしゃりと前髪を掴《つか》んでつぶやく。

「――言ってくれるわけ、ねぇよな。八年間、ガキだったアンタから距離を置いて、馴《な》れ合わねぇようにしていたのは、俺たちだ」

は、と乾いた声をこぼし、ジェファーソンが言う。

「まったく、バカみてぇだな。俺たち平民出とツルんでちゃあ、アンタの王宮での立場が悪くなる。……そう、思ってたんだよ」

なんだそれは、とエルネストは首をひねった。その手を、デルフィーナがぎゅっと握《にぎ》りしめる。

それまでジェファーソンを睨《にら》みつけていた彼女が、ひどく強張《こわば》った表情で宙の一点を見つめていた。

「どうした？　デルフィーナ」

「……エルネスト、さま」

聞こえるか聞こえないかというくらいの声で、デルフィーナが呼びかけてくる。

その直後、エルネストはぞわりと総毛立った。

――何かが、来る。

反射的に立ち上がりかけたとき、デルフィーナの手が離れた。

強烈な眩暈《めまい》に、意識が揺らぐ。

駄目だ、と手を伸ばしかけたところで、白いワンピースをまとった彼女が紅蓮《ぐれん》の炎に包まれる。

そして次の瞬間、やけにはっきりと聞こえてきたのは、軽やかな男の笑い声だった。

「やぁ！　はじめましてだね、ドラゴンの力を手に入れたお嬢さん！　ボクは、カーティス・イーズレイル。突然で悪いけど、ちょっとボクのペットと遊んでやってよ！」

金髪の魔導士とともに現れたのは、青水晶《あおすいしょう》のように煌《きら》めく鱗《うろこ》と、蝙蝠《こうもり》に似た翼を持つ巨大な蛇だった。

「いーやぁぁあああーっっ！　そのバカでかいぐにゃぐにゃの何がペットだ、この変態魔導士ーっっ!!」

デルフィーナがそう叫ぶのと同時に、強烈な炎の渦《うず》が巻き起こった。

蛇の大きく開かれた顎《あご》から放《はな》たれた衝撃波まじりの水流と、デルフィーナの放《はな》った炎がぶつかり合い、すさまじい水蒸気が辺りに満ちる。

「殿下！　ご無事ですか⁉」

「おい、殿下！　生きてんな⁉」

刹那《せつな》の空白ののち、至近距離から聞こえたふたつの大声のせいで、頭が割れるように痛んだ。

吐き気を堪《こら》えて瞬《まばた》きをすると、クレイグとジェファーソンが、芝生に転《ころ》がったエルネストを見下ろしていた。

二重に展開された防御シールドと離れた場所に転《ころ》がっているテーブルセットを見る限り、彼らがエルネストをあそこから遠ざけたようだ。

（よけいな、ことを……！）

エルネストは魔導剣を起動し、地面に突き立てる。

イーズレイルが連れてきた大蛇は、水大蛇と呼ばれる魔獣だ。

元々は非常に温和な性質で、その鱗《うろこ》が棲処《すみか》の水を清《きよ》めることから、古来より『水神さま』と奉られることも多かったという。

だが、本来は銀色であるべき魔獣の瞳が、赤黒く濁《にご》って異様な輝きを放《はな》っている。あれは、イーズレイルの未完成な『実験』で暴走した魔獣の特徴だ。

揺らぐ視界の中、空中に浮かぶ金髪の魔導士が見えた。彼はどこからか出現させた椅子に、行儀悪く足を組んで腰かけている。

イーズレイルは、デルフィーナの炎と水大蛇の攻撃がぶつかり合う様《さま》を、目を輝かせて眺めていた。

「あん、の……クソ野郎……‼」

このガリナ離宮は、全体を三重の防御シールドで覆《おお》っている。それも、イーズレイルの技量をもってすれば、こうも簡単に破られてしまうのか。

だが今は、そんなことはどうでもいい。

デルフィーナひとりに、あんなものの相手をさせるわけにはいかない。

何かを言っているクレイグとジェファーソンを振り払い、エルネストは彼らの防御シールドを破ろうと魔導剣を構える。

そのとき――

「……うん。これだけちゃんとドラゴンの魔力が同化しているなら、いけそうだねぇ」

くすくすと笑いながら、イーズレイルが片手を上げた。彼の手のひらを中心として、赤く輝く巨大な魔導陣が浮かび上がる。

まさか、と思うより先に、エルネストは叫んだ。

「よせ‼　イーズレイル‼」

イーズレイルは、楽しげな笑みを浮かべてエルネストを見る。まるで、無邪気な子どものような笑顔だった。

「バカだなぁ、平民殿下。こんなに楽しい遊びを、どうしてやめなくちゃいけないのさ」

「……っ！」

エルネストは力任せに、部下たちの防御シールドを破壊する。その勢いのまま、魔導剣を投じた。魔力を孕《はら》んだ刃《やいば》が、狙い違《たが》わずイーズレイルの首をまっすぐ貫《つらぬ》く。

（あ……）

しかし、目標を捉《とら》えたことに安堵《あんど》する間《ま》もなく、金髪の魔導士の体はボロボロと土くれに変じ、風に紛《まぎ》れて消えていく。

最後に残ったのは、赤く輝く魔導陣。

それは、のたうつ水大蛇の攻撃が周囲に向かないよう、懸命に炎を操《あやつ》っているデルフィーナに向かっていく。

その様子が、スローモーションのようにエルネストの視界に焼きついた。

くすくすと嘲笑《あざわら》う魔導士の声は、どこから聞こえてくるのだろう。

「キミも楽しみなよ、平民殿下。……さぁ、宴《うたげ》のはじまりだ！」

魔導士の宣言とともに、魔導陣の禍々《まがまが》しい赤い光が収束する。

デルフィーナの操《あやつ》る炎が揺らぐ。

そして――

「デルフィーナーっっ!!」

――すさまじい紅蓮《ぐれん》が、エルネストの視界を染め上げた。

＊　＊　＊

デルフィーナは、山歩き中に蛇と遭遇した場合、黙って相手から距離を取る。

彼らの中には毒を持つものもいるけれど、こちらからちょっかいを出さなければ、自《みずか》ら襲ってくることはない。

同じ山に生きる者同士、よけいな波風を立てなければ共存することは可能なのだ。

デルフィーナにとって、蛇とはそういう存在だった。――過去形である。

（ううぅ……。世の中に、こんなにでっかくて翼の生えた蛇がいるなんて、思わなかったよ！）

それにしても、この蛇が吐き出す、まともに食《く》らったらぺしゃんこになりそうな勢いの水は、いつになったら品切れになるのだろう。

大蛇が吐き出す水は、今のところまったく尽きる様子がない。

それは、魔力で生み出しているデルフィーナの炎も同じだ。

……もしや、この巨大な青い蛇の魔力が尽きるまで、水は枯渇《こかつ》しないのだろうか。

すさまじい勢いで風を生む翼、激しくのたうつ胴体。何より、不規則に明滅《めいめつ》する血のように赤い瞳。

魔獣に関する知識に乏《とぼ》しいデルフィーナでもわかるほど、異常な姿だ。

カーティス・イーズレイルが連れてきたことを考えても、この青い大蛇は、エルネストが言っていた暴走状態にあるのだろう。

エルネストの契約魔獣であるウルシュラは、とても理性的な存在だった。種族が違うとはいえ、同じく魔導を操《あやつ》る獣《けもの》が、まるで知性を感じられない姿になっている。

それが哀《あわ》れで、この大蛇をそんなふうにしたイーズレイルに対し、怒《いか》りが湧いた。

（ぶん殴る！　あとで絶対、ぼっこぼこにぶん殴るー！）

そう決意を固めたものの、まずはこの大暴れしている大蛇を、どうにかしておとなしくさせなければなるまい。

幸いなことに、今のところ、大蛇の意識は完全にデルフィーナに向いている。そのため、周囲のものはさほど破壊されていない。

だが、この巨体がこのまま暴れ続けては、いずれ甚大《じんだい》な被害が出るだろう。

（うぬぅ……。このまま『オホホホホ、捕《つか》まえられるものなら、捕《つか》まえてごらんなさーい！』って感じで、離宮の敷地の外に連れ出せないかなぁ）

懸命に思案するものの、残念ながらデルフィーナには、大蛇と違い空を飛ぶ翼がない。

さてどうしたものかとしばし首をひねったあと、彼女はぐっと拳《こぶし》を握《にぎ》りしめる。

こうなったら、仕方があるまい。

イーズレイルのせいで暴走した魔獣は、酒の飲みすぎで前後不覚に陥《おちい》り、路上でクダを巻く酔っ払いと似たようなものだ。放置しておけば、迷惑を被《こうむ》る者が増え続ける。

どうにかしておとなしくさせる必要があるが、暴走した魔獣の対処法などデルフィーナは知らない。

ただ、今の彼女にわかっているのは――

「魔獣のくせに、変態魔導士にとっ捕《つか》まるようなへっぽこの分際で！　いつまでもぐねぐねとのたくってんじゃなーいっっ!!」

ドラゴンほぼ一体ぶんの魔力を持つ自分のほうが、この暴走している青い大蛇よりも、ずっと強い。その一点のみである。

景気よく炎で挑発したあと、デルフィーナは下から抉《えぐ》りこむように、大蛇の顎《あご》に右の拳《こぶし》を突き上げた。大蛇の首が勢いよく仰《の》け反《ぞ》る。

その直後、エルネストが自分を呼ぶ声が聞こえた。

振り返ると、少し離れたところに唖然《あぜん》とした様子の彼がいる。顔色が、ひどく悪い。

デルフィーナは、慌てた。

（そうだった！　エルネストさまは、わたしと手を繋いでいないとダメなんだったよ！）

大蛇の出現に驚いて、そんな大事なことが頭からスポンと抜けていた。

「すっ、すみません、エルネストさまー！　このへっぽこ暴走蛇をおとなしくさせたら、すぐに戻りますので！　もう少しだけ、我慢していてくださいー！」

そう言いながら、再び鎌首《かまくび》をもたげた大蛇の横《よこ》っ面《つら》を、力いっぱい平手で張り倒す。

思いのほか、景気よく巨体が飛んだ。ガリナ離宮の庭に、轟音《ごうおん》とともに大蛇が墜落《ついらく》する。

ここが、周囲への損害を気にしなくていい場所でよかった。

密かに安堵《あんど》していると、どこからかイーズレイルのひっくり返ったわめき声が聞こえてくる。

『ちょっとー！　どういうことなのさ、ドラゴン娘！　今、ボクはキミに向けて、成体の高位魔獣だって暴走しちゃう魔導陣を展開したんだよ!?　ここはもう、「暴れる水大蛇 対 暴走ドラゴン」っていう、めちゃくちゃ素敵な対戦カードが実現するべきところだろ!?』

デルフィーナは、声のしたほうをぱっと見る。

その草むらの間に、ちかちかと瞬《またた》く魔導の光があった。目を細めてその正体を探ると、それは小さな虫のようだ。

その虫っぽいものから、イーズレイルの『あっ、バレた!?』という、焦った声が聞こえてくる。

「えい」

デルフィーナはしゃがむと、その虫――どうやら、イーズレイルの魔導具らしきもの――を、指先でぷちっと潰した。

これで静かになるかと思いきや、少し離れたところから再び騒々しい声がする。

『いきなり潰すなんて、ひどいじゃないか！　この虫型監視魔導具にスピーカー機能はついてないから、リアルタイムで音声転送魔導を同調させてるんだよ！　結構、大変なんだからね！　これだから、魔導の奥深さを知らない素人《しろうと》はいやなんだ！』

きゃんきゃんとわめくイーズレイルが、ものすごく鬱陶《うっとう》しい。

デルフィーナは半目になり、ひとまず無視をすることにした。あの虫っぽいものが攻撃用ではなく監視用の魔導具だというなら、新たな脅威にはならないだろう。

まだ、青い大蛇を倒せたわけではないのだ。

デルフィーナが視線をやると、大蛇はぐぅっと翼を開き、爛々《らんらん》と光る目で睨《にら》みつけてくる。

(こうなったら、気絶するまでどつき続けるしかないか——)

そう思ったとき、大蛇の赤い瞳が銀色に変わった。

同時に、大蛇の体から無軌道に発せられていた魔力の渦《うず》が、ぴたりとやむ。

(へ……?)

唐突な変化に戸惑《とまど》っていると、大蛇は再び瞳を赤く染め、大きく口を開いて飛びかかってきた。

「ふっ、不意打ちとは、卑怯《ひきょう》なーっ!!」

何しろ相手は、デルフィーナなど丸呑みにできる体躯《たいく》の持ち主だ。そんなものにいきなり突っこんでこられては、慌てるのは当然である。

思わず、先ほどとは逆の横《よこ》っ面《つら》を、手加減一切抜きで張り倒してしまった。

彼女の両手を同じように使えるようにしてくれた、父に感謝だ。

ドゴォッ! という鈍《にぶ》い音とともに、宙高く浮き上がった大蛇の巨体が、地面に落ちる。そして、すさまじい地響きとともに、ガリナ離宮の庭にめりこんだ。

大量の水がまき散らされたせいで湿った土と濡れた草が、びちゃびちゃと飛び散る。

大蛇は泥の中に横たわり、ぴくりとも動かなくなった。

まさか死んだのか、と一瞬焦ったけれど、わずかな魔力を感じるから、生きてはいるようだ。

(蛇の生命力って、すごいんだよね。頭を切り落としても、しばらくは生きてるっていうし。この

図体なら、お肉はたくさん取れそうだけど……。さすがに、言葉をしゃべるイキモノは、食べたくないなぁ）

デルフィーナにとって、生き物を『殺す』というのは、『食べる』ということと同義だった。

食べもしないものを殺すな――というのが、山歩きを学びはじめたとき、父から真っ先に伝えられた教えである。

だがそもそも、このやたらと煌《きら》びやかな鱗《うろこ》を持つ蛇は、食べられるのだろうか。

デルフィーナが素朴《そぼく》な疑問を抱《いだ》いていると、大蛇の尾の先がぴくりと動いた。

性懲《しょうこ》りもなく、またかかってくるつもりか。

そう思うと、デルフィーナの心は重くなる。

こんなふうに暴走状態に陥《おちい》っていない限り、この大蛇だってデルフィーナのほうが自分よりも強いと理解できたはずだ。通常の判断ができる状態であれば、無闇《むやみ》に喧嘩《けんか》を売って、自滅《じめつ》するようなことはしなかったに違いない。

……かわいそうだとは思う。

だが、だからといって気を抜けば、デルフィーナの身が危ない。

何しろ、このとんでもない体格差だ。もし尾の一撃でもまともに食《く》らえば、空の彼方《かなた》へ吹っ飛ばされてしまう。それは、いやだ。

用心しながら身構えていると、大蛇がぬかるみの中からゆっくりと頭を持ち上げた。そして、その全身の鱗《うろこ》が淡《あわ》く輝いたかと思うと、一瞬で泥が流れ落ちる。

（おぉ……？）

蝙蝠《こうもり》のような皮膜を持つ翼をゆったりと広げ、穏やかな銀色の瞳でデルフィーナを見下ろす大蛇は、神々《こうごう》しいほどに美しい。

デルフィーナは、ちょっぴり拝《おが》みたくなった。

そんな彼女の気持ちなど知る由《よし》もない大蛇が、閉じたままの口から、ちろりと二叉《ふたまた》の舌を出す。

「お礼を言うわ。ドラゴンの力を持つのにドラゴンでなく、人の姿を持つのに人に非《あら》ざる、不思議な子。あなたのおかげで、気持ちの悪い魔導から解放された。ありがとう」

どうやら、大蛇の暴走状態が解けたらしい。

『はぁあああぁあああー!?　ちょっと、なんでそうなるのさー！』

どこからともなく、イーズレイルのひっくり返った絶叫が聞こえてくる。

デルフィーナはぽかんとしながらも、大蛇に返事をした。

「ど……どういたしまして？」

語尾が疑問形になってしまったのは、デルフィーナがやったことといえば、この大蛇を力任せに殴り飛ばしただけだからである。

それも、相手をイーズレイルの魔導から解放しようと思ってしたわけではないし、結構な暴言も吐いた気がする。

正気に戻った大蛇が、非常に穏やかな物腰であるだけに、なんともいたたまれない。

申し訳なさに襲われたデルフィーナの葛藤《かっとう》など知らず、大蛇は言う。

「どうやら、私にかけられた魔導は、強力ではあるけれど、とても不完全なものだったようね。あなたの魔力がのった声で揺さぶられただけで、こうして緩《ゆる》んでしまったのだもの」

（おぉ……？　わたしが殴ったから、魔導が解けたわけじゃなかったんだ？）

エルネストのために、自分の声に魔力をのせて歌う練習をしていたことが、思いもよらない形で役に立ったようだ。どんな努力も、無駄にならないらしい。

胸を撫《な》で下ろしたデルフィーナに向けて、大蛇は頭を下げた。

「魔導に縛られていた間のことは、曖昧《あいまい》にしか覚えていないのだけれど……。最後にあなたに飛びかかってしまったのは、覚えているわ。ごめんなさいね」

「いえ……あの、お気になさらないでください」

魔導云々《うんぬん》に関しては、デルフィーナは門外漢《もんがいかん》である。何を言われても、『そういうものなのですか』という感想しか抱《いだ》きようがない。

しかし、虫型監視魔導具を使ってこちらの様子をのぞき見ているイーズレイルは、黙っていられなかったらしい。

『そりゃあ、魔獣支配の魔導が、不完全なのは認めるよ！　でもドラゴン娘が叫んだだけで解けちゃうなんて、ボクのプライドが傷つくんだけど！　大体、どうしてドラゴン娘は、魔獣支配の魔導が全然かかっていないのさ⁉』

そんなことを聞かれたところで、デルフィーナにわかるはずもない。

何より、この鬱陶《うっとう》しい魔導士の疑問に答えてやる義務などない。

彼女が再び虫型監視魔導具を潰してやろうとしたとき、青い大蛇が鎌首《かまくび》をゆらりと揺らした。

「ずいぶんとおかしなことを言うのね、不埒《ふらち》な魔導士。あなたが発動させたのは、魔獣支配の魔導。とても不覚を取った結果ではあるけれど、魔獣である私にはたしかに有効だったわ。けれど、彼女は魔獣ではないのだもの。そんなものが通じる道理はないでしょう？」

『……あっ？』

イーズレイルが、ものすごく間抜けな声をこぼす。

半目になったデルフィーナは、少し離れたところでちかちかと点滅している虫型監視魔導具に向かって言う。

「アンタって、変態だけど天才な魔導士じゃなかったの？」

『し……っ、失礼だな！　それだけドラゴンの魔力が同化してたら、もうほとんど魔獣《ドラゴン》みたいなもんじゃないか！　ボクはちゃんとさっきの魔導陣に、ドラゴンの魔力を捕《つか》まえる術式を組み込んでいたんだぞ!?　同じ術式を使ったドラゴンの召喚陣には、ちゃんと反応してたくせに、なんでこっちは駄目だったんだよ！』

こいつは何を言っているんだ、とデルフィーナは首をかしげた。

「『ほとんど』ってことは、『同じじゃない』ってことでしょ？　わたしは、ドラゴンじゃないよ。詳しいことは、わかんないけどさ。召喚の魔導陣が発動したときは、ドラゴンさんの魔力はまだわたしの体に同化しきってなかっただろうから、それで反応したんじゃないの？」

ミルクに蜂蜜《はちみつ》をたらしただけでは、そう簡単に両者は混ざり合わない。

しかし、一度かき混ぜて溶け合ってしまえば、それはもう蜂蜜《はちみつ》やミルクという元の姿には戻らない。

デルフィーナは、今の自分の状態を『混ざり合った蜂蜜《はちみつ》ミルク』なのだと解釈していた。

一拍置いて、イーズレイルがひっくり返った声で言う。

『あぁっ！　そういうことかー！　やっぱり、前例のないことっていうのは、何が起こるかわからなくて面白いね！』

そうね、と大蛇が舌をひらめかせる。

「彼女の魔力は、もう彼女自身のものだもの。彼女は、ドラゴンではない。そして、人でもない。世界に一体だけの、とても不思議な生き物よ」

「……いえ、あの、わたしとしては、可及的速《すみ》やかに普通の人間に戻りたいのです」

不思議な生き物呼ばわりは、なんだか悲しくなるので、できれば遠慮していただきたい。

もそもそと反論したデルフィーナに、大蛇が困ったような声音《こわね》で言う。

「あら、そうなの？　見たところ、あなたの魔力は、地の属のドラゴンから譲《ゆず》り受けたもののようだけれど……。ここまで完全にあなたの核に同化してしまった魔力を、たとえ地の属の女王でも分離できるものかしら」

いかにも知性的な雰囲気を持つ大蛇にまで、ドラゴンの女王さまや白銀の君と同じことを言われてしまった。

不安に思いながらも目を逸《そ》らしていたことについて、こうして改めて言葉にされると、結構きつい。

「ドラゴンはとても強大な力を持つ種族だけれど、そのぶん大雑把《おおざっぱ》なところがあるの。私の知る限り、ドラゴンほど繊細《せんさい》な作業に向いていない種族はないわ」

とどめに、ものすごくさらっと心が折れることを言われた。

デルフィーナは、どんよりと肩を落とす。

そんな彼女の神経を逆撫《さかな》でするように、イーズレイルが口を挟む。

『何を言ってるのさ、ドラゴン――いや、半ドラ娘！　キミが普通の人間になったら、全然面白くなくなっちゃうじゃないか。ボクはこれからしばらくキミと平民殿下で遊ぶつもりなんだから、勝手に元に戻ったりしないでよね！』

半ドラ娘呼ばわりに、デルフィーナは思い切り顔をしかめた。

客観的に見て、今の自分がそう言われても仕方がない状態であるというのは、わかっている。

だが、彼女をそんなふうにした張本人であるイーズレイルに言われると、なんだかものすごく腹が立つ。

「やっかましいわ！　人に変なあだ名をつけるな！　大体、わたしはアンタと遊ぶなんて――あっ、そうだ！　エルネストさま、大丈夫ですか⁉」

衝撃的な事態の連続で頭が飽和《ほうわ》状態だったデルフィーナは、イーズレイルの言葉でようやく大切なことを思い出す。

勢いよく振り返ると、エルネストは思いのほかそばまで来ていた。デルフィーナが彼の手を握《にぎ》る前に、攫《さら》うような勢いで抱きしめられる。

(へ……?)

目を丸くして固まった彼女の耳元で、エルネストが言う。

「……よかった。デルフィーナ。オレは……今まで、暴走した魔獣を、殺すことでしか、止めてやれなかったから。……おまえのことも、殺さなきゃならないのかと、思った」

途切れ途切れに語られる掠《かす》れた声に、胸が詰まった。

たしかに、暴走した魔獣を声だけで正気に戻すなど、デルフィーナにしかできないのかもしれない。

もし彼女が、イーズレイルの思惑通りに暴走していたなら——きっと、エルネストやクレイグたちと、殺し合いを演じる羽目《はめ》になっていたのだろう。

今さらながらぞっとしたとき、イーズレイルが笑い含みの声で言う。

『大丈夫だよ、平民殿下。キミたちふたりは、ものすごく興味深いオモチャだからねぇ。飽《あ》きるまではそう簡単に壊したりしないから、安心しなよ!』

まるで、親しい友人に語りかけるような口調が、気持ち悪い。

『あぁ、楽しみだなぁ。これからキミたちとどうやって遊ぶかを考えるだけで、本当にわくわくするんだ。今日は、半ドラ娘に挨拶《あいさつ》しに来ただけだけど、次からは本気で遊ぶつもりで来るからね』

いっそ無邪気にすら聞こえる声で、イーズレイルは告げる。

『こう言えば、わかるかな? ——つまり、キミたちが生きている間は、ボクに魔獣の支配っていう遊びに割《さ》く時間の余裕はないってこと』

だから、とイーズレイルはますます声を弾ませる。

『キミたちも、全力でボクと遊んだほうがいいと思うよ。キミたちが壊れてしまったら、もうこの国には、ボクを止められる者はいなくなっちゃうんだからさ！』

デルフィーナは、唖然《あぜん》とした。

（なんなの……コイツ）

本当に、本気で言っているのだろうか。

すべては、『遊び』なのだと。

自身の行動の果てに、どれほどの者たちが傷つこうとも、それすら『遊び』の結果に過ぎないのだと——そんなふざけたことを、笑いながら言っているのか。

ふつふつと、怒《いか》りが湧いてくる。

今までは、『カーティス・イーズレイル』という魔導士の話を聞いて、脅威と恐怖を覚えるだけだった。けれど、こうして彼のはた迷惑な言動を目の当《まあ》たりにすると、とてもそんな生易《なまやさ》しいものでは済ませられない。

誰かの存在そのものを、根底から否定したいと思ったのは、生まれてはじめてだ。

そのとき、それまで黙ってイーズレイルの発言を聞いていたエルネストが、いつも通りの淡々とした声で言った。

「うるせぇよ。ハツコイもまだのガキんちょ野郎が、きゃんきゃんわめいてんじゃねぇ」

イーズレイルが、口をつぐんだ。

どうやら、エルネストの学習能力は、かなり高めであるらしい。

つい先日まで『……ハツコイって、なんだ？』とのたまっていたというのに、認識したばかりの単語を正しく使っている。

エルネストのイーズレイルに向けた言葉の原型は、クレイグが彼に言っていたものだ。新しい言い回しを覚えた子どもが、さっそくそれを使ってみた感じがほほえましい。

そんなことを思っていると、少し離れたところで「……ゴフッ」という奇妙な声がした。

見れば、クレイグが口元と腹の辺りを押さえて、ぷるぷると震えている。

よく考えたら、エルネストは立派な成人男性だ。ちょっと面白い状況だったかもしれない。

そこで、「うひゃひゃ」と奇妙な笑い声を上げたのは、強面《こわもて》男のジェファーソンだ。

「なんだ、イーズレイル！　おまえさん、初恋もまだってか！　まさか、その年で童貞じゃねぇ――げふっ」

「デルフィーナさんの前で、あまり下品なことを口走らないでいただけますでしょうか。ジェファーソン殿」

いつの間にか体勢を立て直していたクレイグが、ジェファーソンの後頭部を真顔で殴りつけた。

結構、いい音がした。痛そうだ。

大丈夫かなと思っていると、沈黙していた虫型監視魔導具が、ぴっかー！　と光る。

『うるさいなぁ！　大体、同じ穴の狢《むじな》の平民殿下に、そんなことを言われたくないね！　キミだって、初恋を経験したことなんてないんだろう⁉』

イーズレイルが、初恋未経験であることを認めた。

デルフィーナは王太子が再訪したときと同じ疑問を覚え、エルネストに問う。

「エルネストさま。イーズレイルって、何歳なんですか？」

「知らねぇ。まぁ、オレより年上なのはたしかだな」

エルネストの答えに、優秀な家令のクレイグが挙手して口を開く。

「殿下。カーティス・イーズレイルは、現在三十一歳です」

「そうか」

さすがは、元諜報《ちょうほう》部の魔導士である。情報提供に淀《よど》みがない。

エルネストはうなずくと、虫型監視魔導具を見る。

「オレより十歳も年上の野郎が、ハツコイも経験しねぇで、何をやってるんだかなぁ……」

彼の口調は、基本的にあまり抑揚《よくよう》がない。それでも、しみじみとあきれているのが感じられた。

エルネストが、デルフィーナの頭に触れて軽く引き寄せる。彼の体温が下がっていないことに、デルフィーナはほっとする。

どうやら、手を繋いでいなくても、体のどこかが触れ合ってさえいれば、彼の体調不良は治まるらしい。

（……いやでも、さすがにこの体勢は密着しすぎだと思う！）

デルフィーナは慌てたが、つい先ほど巨大な蛇を殴り飛ばしたばかりだ。下手に動くと、エルネストに怪我をさせてしまいそうで、怖くてできない。

ぐぬぬ、と葛藤《かっとう》する彼女をよそに、エルネストが続ける。

「悪いが、イーズレイル。おまえと違って、オレはちゃんとハツコイを経験しているぞ」

どうだ羨《うらや》ましいか、と言わんばかりだ。

その言葉に、イーズレイルが反論してくる様子はない。

代わりに「ふふっ」と笑ったのは、青い大蛇だ。

「まぁまぁ。可愛らしい王子さまだこと」

エルネストが首をひねる。

「可愛いのは、オレじゃなくてデルフィーナだろう？」

（〜〜っ、エルネストさまー！　今は、そういう上流階級の決まり文句はいいですから！　うあぁぁあ、恥ずかしいいぃー……）

超絶美形な王子さまの甘い言葉だけでも大変なダメージだというのに、今は彼にがっちり確保されているのである。威力が倍どころの騒ぎではない。

デルフィーナの繊細《せんさい》な神経は、すでに擦《す》り切れる寸前だ。

ますます楽しげに高い笑い声を上げた大蛇が、ぬっと巨大な頭を近づけてきた。

「どうやら、あの不埒《ふらち》な魔導士は相当ショックを受けたようよ。音声をこちらへ届ける魔導を、維持できなくなっているみたいだもの」

「そうか。ざまを見ろ」

エルネストが、真顔で応じる。

大蛇はちろりと舌を伸ばすと、デルフィーナに視線を向けた。

「ドラゴンの力を持つ人間の子。あなたは、私の恩人よ。私の名は、ジュール。何か、力になれることはあるかしら？」

突然そんなことを言われても、特に思い当たらない。

デルフィーナが返事をする前に、エルネストが口を開く。

「水大蛇。デルフィーナの庇護者《ひごしゃ》として、おまえに頼みたいことがある。イーズレイルの監視魔導具を排除してから、改めて打診させてもらいたい」

「あら、そうね。あの魔導士に聞き耳を立てられていては、落ち着いて話もできないわ」

そう言って、大蛇――水大蛇のジュールは、エルネストに頭を向けた。

顎《あご》の下の鱗《うろこ》がつるつるしていて、とても手触りがよさそうだ。

「王子さま。あなたの頼みというのは、彼女にとって必要なことなのね？」

「あぁ、そうだ。……物は相談なんだが、おまえの体、もう少し小さくならないか？　できれば離宮の中で話がしたい。離宮の中は、オレの契約魔獣の領域だ。イーズレイルの監視魔導具も入ってこられない」

その言葉に、ジュールはあっさり応じた。

「わかったわ。あなた方と話をしやすい姿に変わるわね」

そう言ったジュールの鱗《うろこ》が、淡《あわ》く輝く。

次の瞬間、見上げるような大蛇の姿が消えうせた。代わりにそこに現れたのは、青い髪に白い肌、銀色の瞳の――

「……おまえ、オスだったのか」

「ええ。メスだと言った覚えはないわ」

儚《はかな》げな美貌《びぼう》を持つ、細身の青年であった。

デルフィーナは、驚きのあまり目を丸くする。

そういえば、ジュールの声は低く落ち着いた男性のものだ。しかし、その声の低さは、大蛇の巨体ゆえだと思っていたのだ。

相手の穏やかな物腰と話し言葉から、ジュールの性別を女性だと信じ込んでいた彼女は、驚いた。その一方で、密かに胸を撫《な》で下ろす。

（いや、男の人だったらぶん殴ってもいいってわけじゃないんだけどさ。やっぱり、女の人の顔を全力で殴り飛ばしていたら、きっと罪悪感がものすごかったと思うんだ……）

なんにせよ、ジュールの顔にデルフィーナが殴った痕《あと》は残っていない。怪我をさせずに済んだようで、本当によかった。

魔獣の頑丈さにほっとしたとき、デルフィーナを抱きしめていたエルネストの腕がようやく緩《ゆる》む。

彼はデルフィーナの手を握《にぎ》ると、クレイグとジェファーソンのほうを振り返った。

「クレイグ。おまえは、最優先でイーズレイルの監視魔導具を排除しろ。ジェファーソンは、さっさと戻れ」

ふたりが答える前に、草むらで再び魔導の光が点滅した。

そこから、イーズレイルの声が響く。

『ふん！　この監視魔導具は、王宮中にばらまいてあるんだからね！　全部を排除するなんて、できるものならやってごらんよ！』

クレイグは、黙ってその虫型魔導具を摘《つ》まみ上げた。そしてひとしきり観察したあと、すまなそうにエルネストを見る。

「申し訳ありません、殿下。これほど小さく、微量な魔力しか発しないものですと、すべて除去するのに相当な時間を要すると思われます」

「……そうか。まぁ、仮に排除できたとしても、どうせまたばらまかれるだろうしな。ひとまず、諜報部《ちょうほうぶ》にそれをサンプルとして送っておけ。それで、ある程度対策は取れるだろ」

「了解しました」

クレイグは、虫型監視魔導具を摘《つ》まんだまま何事かを小さくつぶやく。白い光の魔導陣が現れ、虫型魔導具に吸い込まれるように消えていく。

その途端、わずかに感じていた虫型監視魔導具の魔力が、まったくわからなくなった。

どうやらあの魔導陣は、魔導具の効力を封じるもののようだ。

さすがは、元諜報部《ちょうほうぶ》の魔導士である。その有能さの一端を垣間《かいま》見て、デルフィーナは改めて尊敬の念を抱《いだ》く。

そのとき、また少し離れたところで魔導の光が瞬《またた》いた。

『あのさぁ、平民殿下。ボクはもっとこう、高度な魔導と膨大《ぼうだい》な魔力を駆使した、わくわくするやり取りを期待してるんだよ。なのに、その情けない姿はなんなのさ。半ドラ娘とお手て繋いで腑抜《ふぬ》けてるキミなんて、全然面白くないじゃないか！』

勝手なことを言うイーズレイルに、エルネストはどこまでも淡々と返す。

「そんなの、おまえの腕輪のせいじゃねぇか。本気でオレとやり合いてぇなら、さっさとこの腕輪を外せ」

『……あっ』

もう何度目になるのか、イーズレイルが間《ま》の抜けた声をこぼす。

『キミにあげた腕輪のことなんて、すっかり忘れてたよ！　あぁ、そうだった、そうだった。キミはそうやって半ドラ娘と手を繋いでいるだけで、ボクの腕輪の影響を受けなくなるんだっけ？』

少しの沈黙のあと、イーズレイルが生真面目《きまじめ》な口調でぶつぶつとつぶやく。

『……ふむ。その無駄に垂れ流されている、半ドラ娘の魔力が原因か。接触したところから伝わる魔力で、腕輪に吸い取られているぶんの魔力を補充できるなんて、面白いねぇ』

（た、垂れ流す……？）

デルフィーナは、その言われように少なからず衝撃を受けた。

エルネストが、冷ややかに言う。

「自分のしでかしたことを、そんなに簡単に忘れるとはな。実はおまえ、とんでもないアホなのか？」

『うーん。ボクって昔から、ひとつのことに夢中になると、ほかのことはどうでもよくなるタチなんだよねぇ。それで、すぐに忘れちゃう。だって、面白くないものを覚えていたって、意味がないだろ』

イーズレイルはけろりとした様子だ。

そこで、先ほどクレイグから制裁を受けていたジェファーソンが、低い声で言う。

「……おい、そこのクソ魔導士。おまえの実験だか、遊びだか知らねぇがな。今まで暴走した魔獣のせいで、どれだけ死人や怪我人が出たと思っていやがる。それすら、どうでもいいことだってのか？」

抑えきれない憤《いきどお》りを孕《はら》んだ声に、イーズレイルはあっさりと応じる。

『うん。すぐに死んじゃうような連中になんて、興味ないなぁ』

当たり前のことを語る口調で返された答えに、ぞっとした。

この魔導士にとって、人間の生き死には本当にどうでもいいことなのだ。

魔獣を簡単に暴走させられるだけの力を持ちながら、イーズレイルの心には、人として大切なものが完全に欠如《けつじょ》している。

ジェファーソンの声が、ますます低くなった。

「おまえに、他人の命を奪《うば》う権利なんて、ねぇんだよ。カーティス・イーズレイル」

『えぇー。何をつまんないきれいごとを言ってるのさ。弱い人間は、自分より強い相手に何をされたって、文句を言う権利なんてないんだよ』

まるで歌うような調子で、イーズレイルは続ける。

『そうだろう？　平民殿下。だからキミの母親は、人々から勝利の女神とまで言われながら、国王の命令に抗《あらが》えずに、望んでもいないキミを産んだ。彼女が、平民っていう弱い立場の人間だったから』

エルネストの指先に、わずかに力が入る。

この場にいる誰も、イーズレイルに反論しない。それは、彼の言葉が事実だからだろうか。

『キミは、虚《むな》しいって思わないのかなぁ？　平民殿下。ボクらがどれだけ力を尽くしても、一生懸命がんばっても、その恩恵《おんけい》を受けるのはくだらない王族や貴族だけ。ホント、やってらんないよねぇ』

耳障《みみざわ》りな声で、イーズレイルが嘲笑《あざわら》う。

『それでもキミは、そこにいる。ご立派な家庭教師に教えられたことしか知らないから。そしてずっと、教えられたこと以外のことを知ろうともしなかった』

自分の意思で、己《おのれ》の生き方を選択する。

王城にいた人間たちは、誰もエルネストにそんなことを教えなかったのだろう。

それは彼らにとって、教える必要のない――エルネストに覚えられては、都合の悪いことだったから。

『キミは王家にとって、都合がいいだけの戦う人形。誰からも愛されたことがないくせに、初恋だなんて笑わせないでくれるかな』

エルネストの手が、冷たい。

（……駄目だ）

これ以上、イーズレイルに話をさせてはいけない。彼の言葉は、エルネストにとって毒の刃《やいば》だ。

デルフィーナは、エルネストの手をぎゅっと握《にぎ》り、口を開いた。

「エルネストさま。今のわたしたち、虫を相手におしゃべりしている感じになってます。ちょっと恥ずかしいので、そろそろやめにしませんか？」

束の間、沈黙が落ちる。

失敗したかな、と思いながら、デルフィーナは続けた。

「あのね、エルネストさま。あなたのことをどんな方だと思うかは、人それぞれ違います。イーズレイルは、人のいやがることを平気でしちゃうような、大人の階段を上《のぼ》り損ねた変態魔導士です。そんなやつにどう思われたって、気にする必要なんて全然ないじゃないですか」

エルネストが、わずかに目を瞠《みは》る。

彼のオッドアイを見つめて、デルフィーナは告げた。

「これから一緒に暮らす家令のクレイグさんや、部下のジェファーソンさんにどう思われるかのほうが、ずっと大事でしょう？」

そう言って、デルフィーナはクレイグとジェファーソンを見た。

にこりとふたりに笑いかけながら、視線だけで『ここで外すようなことはしないよね？』と脅《おど》し――もとい、訴《うった》える。

どうやら、彼女の訴《うった》えは、正しくふたりに届いたようだ。

クレイグが、若干《じゃっかん》青ざめた顔色ながら、キリッとした様子で言う。

「はいッ！　不肖《ふしょう》ながらこのクレイグ・エース、命の恩人である殿下のために、生涯《しょうがい》誠心誠意尽くす所存にございます！」

（お、おぅ……）

思いのほか、クレイグの忠誠が重かった。

彼とエルネストの間に、一体何があったのだろう。少し気になったが、それを尋ねる余裕はなかった。

ジェファーソンが、なぜか敬礼しながらクレイグに続く。

「ダグラス・ジェファーソン！　部下ともども、殿下からもらった命は数えきれねぇ！　……王や貴族が殿下の味方じゃねぇってんなら、もう遠慮なんざしてやるか。アンタに危害を加えようとする輩《やから》は、俺らが全部まとめて、心をこめてすり潰してやるよ」

ふふふふ、とジェファーソンは暗い目で笑った。

それから、エルネストに向かって頭を下げる。

「すまねぇ、殿下。平民に交じって生きるよりも、王家の人間として生きたほうが、アンタのためだと思って距離を置いていたんだが……。俺は、間違っていたんだな」

「……オレは、母上の不幸の結果そのものだ。おまえは、オレを憎《にく》んでいたんじゃねぇのか」

淡々とした問いかけに、ジェファーソンが苦笑する。

「ディアドラさまへの恩義を、忘れたわけじゃねぇ。でも俺は、自分の子どもを愛さない女は……哀《あわ》れだと思っても、やっぱり許せなかった。いくら父親がろくでなし野郎でも、子どもに罪はねぇだろうよ」

ジェファーソンは、頭の後ろをがりがりと掻いた。

「それに、今のディアドラさまは、ずっと想っていらした男と結婚してる。故郷の村で、旦那の親族から養子をもらって、幸せに暮らしていらっしゃるそうだ」

そう言って、彼はまっすぐにエルネストを見る。

「あの方が後宮を辞してから、十三年だ。アンタはもう、ディアドラさまの悲劇に縛られなくてもいいんだよ」

(うわぁ……)

デルフィーナは、思わず顔をしかめた。

彼女は、エルネストの母親について、詳しいことは何も知らない。ただ、婚約者のいる身で国王の側室に召し抱えられた、という話を教えられただけだ。

心から気の毒だと思ったし、そんな状況で産んだ子どもを愛せないのも仕方がない、と考えていた。

しかし、彼女は幼かったエルネストを、危険な王宮に捨てていったのだ。それだけは許せない。

たとえ愛していない子どもでも、エルネストを産んだのはディアドラなのだ。エルネストにとって、唯一の母親であることは変わらない。親として最低限の責任は果たすべきではないか。

その上、ディアドラは今、故郷で愛する男性と結婚し、幸せな家庭を築いているという。

(いや、エルネストさまのお母さまが、幸せに暮らしていらっしゃるのは、いいことなんだけどさ。……でも、やっぱりムカつくー！　自分だけ幸せになればいいってこと⁉　それって、人としてどうなのさ⁉)

側室として離宮で暮らしていたディアドラと違い、ジェファーソンは平民部隊の一員でしかなかったのだ。王宮の内情を知りようのない彼に、エルネストの置かれている状況を正しく理解しろというのは、さすがに無理があるだろう。

それは、ディアドラだってわかっていたはずだ。なのに、王宮を出る段になっても、フォローを何一つしなかった。

やっぱりひどい、と思うけれど、エルネストの前で、彼の母親に対する非難を口にするわけにもいかない。

悶々《もんもん》とする彼女の指を、エルネストがぎこちなく握《にぎ》りこんできた。

「おまえは？」

美しいコバルトブルーと黒曜石《こくようせき》のような瞳が、デルフィーナを映す。

「おまえは……オレのことを、どう思ってる？」

(……わーお)

なんということだろうか。

超絶美形の王子さまに、少女向けの恋愛小説に出てくるようなセリフを、至近距離で言われてしまった。

しかも、状況的に逃げることも、ごまかすこともできないやつである。

「心臓に悪すぎる……」

思わずつぶやくと、エルネストが目に見えてしょんぼりとした。

「不愉快だってことか」

「ちちち、違いますよ!? 今のはですね、エルネストさまのお顔がきれいすぎて、直視するのがツラいという意味です！」

狼狽《ろうばい》したデルフィーナは、思い切り本音をぶっちゃけた。

エルネストが、不思議そうに首をかしげる。

「顔？ ……おまえ、目――は、悪くねぇよな。だったら、悪いのは趣味のほうか」

ものすごく不名誉な誤解をされたデルフィーナは、半目になって口を開く。

「エルネストさま。謙遜《けんそん》も、度を過ぎるとただのいやみですよ」

「なんでそうなる？ オレの顔は、見ていて気分のいいもんじゃねぇだろう。ガキの頃から、左右の目の色が違うのは気味が悪いとか、不吉だとか……そんなふうにしか言われたことがねぇ」

デルフィーナの額《ひたい》に、びしりと青筋が浮いた。

とんでもないことを大声で言ってしまいそうになったため、慌てて口を閉じる。そしてどうにか深呼吸をして、気持ちを落ち着かせた。

「……よろしいですか、エルネストさま」

再び彼女が口を開いたとき、ジェファーソンもびっくりのドスのきいた声になっていたが、致し方あるまい。

「お……おぅ？」

どこか腰が引けた様子のエルネストに、デルフィーナは言う。

「他人様《ひとさま》の身体的特徴をあげつらうのは、とても恥ずかしいことです。わたしをそんな恥知らずと一緒にされるのは、とてもとても不愉快です」

「す、すまん」

エルネストが、素直に謝罪する。

はい、とデルフィーナはうなずいた。

「ご理解いただけたのであれば、結構です。それから、エルネストさまの瞳は、すごくきれいです。少なくとも、わたしはそう思います」

「おまえのほうが、きれいだぞ」

デルフィーナは苦笑する。

大変ナチュラルに出てくる彼の誉め言葉には、だいぶ耐性がついてきた。

「それは、まぁ……今のわたしの目は、ドラゴンさんと同じ緑色ですから」

とにかく、とデルフィーナは話を戻す。

「エルネストさまは、エルネストさまを大切に思ってくれる方々の言葉を、大事にすればいいんです。人でなしな変態の言葉なんて、なんの価値もありません」

ひとまず、ここにいるクレイグとジェファーソンは、エルネストの味方だと考えていい。

（ジェファーソンさんをはじめて見たときは、ちょっとびっくりしたんだよね。エルネストさまと長い付き合いなのに、全然信頼されてないんだから、てっきりイヤーな人だと思ってたのにさ。わたしの中のドラゴンの本能的なものが、全然警戒しないんだもん）

ドラゴンの魔力を取り込んでから、デルフィーナは自分の直感を、絶対的に信じていいものだと理解していた。自分の中の何かが、そう囁《ささや》くのだ。

それは、ドラゴンの本能に似たものなのかもしれないし、単に彼女の身の内に秘められた膨大《ぼうだい》な魔力のなせる業《わざ》なのかもしれない。

いずれにせよ、初対面のジェファーソンに対し、デルフィーナが抱《いだ》いた印象は、決して悪いものではなかった。

だからこそ、ジェファーソンがエルネストからの信頼をまったく得られていないのが、とても不思議だったのだ。

その原因が、勘違いからくる思いこみとすれ違いなら、これからいくらでもやり直せる。

「……おまえは？　オレが、大切か？」

どこか不安げな問いかけに、デルフィーナは即座にうなずいた。

「はい。エルネストさまは、わたしの恩人ですから。世界中の誰がなんて言おうと、わたしはエルネストさまの味方です！」

これだけは信じてもらわなければ、と力説する。

イーズレイルが言っていたように、エルネストが『王家にとって都合がいいだけの戦う人形』だったのは、きっと事実なのだろう。

クレイグもジェファーソンも、それを否定しなかった。

とても悲しいことだと思う。彼をそんなふうにした周りの人間たちを、デルフィーナ生涯《しょうがい》許せそうにない。

けれど、エルネストが欲しがっているのは、たぶん同情でも哀《あわ》れみでもない。

今、迷子のような顔をしている彼に、必要なのは――

「大丈夫ですよ。わたしの知っているエルネストさまは、ちょっぴりうっかりさんだけど、とても優しいお兄さんです。これから、エルネストさまを大好きになる方は、いっぱいいいます」

自分自身を、大切に思えるようになること。

そのために必要な、自信なのだと思う。

デルフィーナは、ずっと不思議だったのだ。

エルネストと再会してからというもの、彼は申し訳なくなるくらい彼女のために気を配ってくれる。それなのに、なぜ自分の住まいを居心地よく整えるという、当たり前の気配りができないのか。

その理由が、少しだけわかった気がする。

エルネストは、自分の幸福に興味がない。だから、住まいを居心地よく整えようとしないし、優先するのは庇護《ひご》対象と認めたデルフィーナのことばかりになってしまう。

そんなのはおかしいし、やっぱり悲しい。……本当に、悲しいことばっかりだ。

けれど、悲しいことならば変えていけばいい。

ずっと悲しいままでいることなんてない。

そう思って見つめていると、エルネストの指に力がこもった。

「……ほかのやつは、どうでもいい」

エルネストが、ぽつりとつぶやく。

「おまえだけ、オレを好きで、オレの味方だっていうなら、それでいい」

（……えぇー）

王子さまが、なんだか視野の狭いことを言い出した。

デルフィーナは、へにょりと眉を下げる。せっかく、クレイグとジェファーソンにがんばってもらったのに、これでは彼らの立《た》つ瀬《せ》がない。

しかし、それも仕方のないことかと、デルフィーナは嘆息する。

エルネストにとって王宮の人間たちは、『絶対に信じてはいけないもの』だったのだ。そう簡単に、その認識が覆《くつがえ》るものでもないだろう。

クレイグとジェファーソンには、今後の働きで主《あるじ》からの信頼を勝ち取ってもらうしかあるまい。

デルフィーナは、よしとうなずいた。

大恩あるエルネストの、人間不信解消の第一歩になれるなら、ここは全力で受け止めるべき場面であろう。誰かひとりでも、絶対に自分の味方だと信じられる相手がいるというのは、とても心強いものだ。

（わたしには、お父さんとお母さんにお兄ちゃんまでいたけど、エルネストさまには誰も信じられる人がいなかったんだもんね。……うぅっ、みんながいない家を想像しただけで、ちょっと心が折れそうになったよ！）

改めて故郷の家族のありがたみを感じたデルフィーナは、両手でエルネストの手を握《にぎ》って言う。

「わかりました。お約束します。わたしは、これから何があってもエルネストさまが大好きですし、エルネストさまの味方です」

「……うん」

エルネストが、少しぎこちないながらも無防備な笑みを浮かべる。

その笑顔に、デルフィーナはあやうく悶《もだ》えそうになった。

（か……っ、可愛い……！）

これは、さすがに想定外だ。三歳年上の超絶美形な王子さまに、思い切り母性本能を刺激されてしまった。

……エルネストの母親が捨てていったのなら、デルフィーナがこのでっかいお子さまをもらってもいいだろうか。

料理は苦手だが、その辺はクレイグが用意してくれるだろうから問題ないし、子守唄ならば自信がある。

そんなことを考えていたとき、大蛇の化身《けしん》である青年が、のんびりと声をかけてきた。

「ちょっと、いいかしら？　なんだかお取り込み中みたいだったから、私の眷属《けんぞく》に命じてイーズレイルの虫を潰しておいたわ。ひとまず、この離宮の敷地内だけだけれど……。よかったら、ほかの場所に散っている虫も、潰させましょうか」

（……眷属《けんぞく》？）

なんだかいやな予感を覚えたデルフィーナは、おそるおそる振り返る。そして、おっとりと小首をかしげるジュールの姿を見た瞬間、ものすごく後悔した。

なぜなら彼は、ひとり――否《いな》、一匹ではなかったからである。水大蛇の眷属《けんぞく》と思《おぼ》しき小さな蛇たちが、青年の全身に蠢《うごめ》きながら巻きついている。

デルフィーナの全身に、ぞわぁっと鳥肌が立った。

（い……いくら、本来の姿がでっかい蛇さんだったとしても！　人間のお兄さんの全身に、大量の蛇がうにょうにょ巻きついてるところは、あんまり見たくなかったですぅうう‼）

はっきり言って、軽くトラウマになりそうな光景である。

そのとき、全力で悲鳴を上げなかった自分を褒めてやりたい、とデルフィーナは思った。

終章　ドラゴンの卵を食べた彼女は、胃が痛い

ジュールの眷属《けんぞく》というのは、元々ガリナ離宮の庭に棲《す》んでいた蛇たちに加え、彼の棲処《すみか》の森から召喚したものたちらしい。

なんでも力の強い魔獣というのは、自分と同系統の獣《けもの》を使役《しえき》することができるのだとか。

ジュールは蛇たちに命じて、イーズレイルの虫型監視魔導具を、だいぶ駆除してくれたようだ。

道理で、鬱陶《うっとう》しい魔導士の声が聞こえなくなったわけである。

全身に大量の蛇をまとわりつかせている姿はかなり不気味だが、ジュールは実にいい仕事をしてくれた。

そして彼は、王宮に大量に散っているだろうイーズレイルの虫型監視魔導具も、蛇たちに命じて排除してくれるという。

今のジュールの姿を直視し続ける自信のないデルフィーナは、彼の申し出を聞きながら微妙に視線を逸《そ》らす。

しかし、エルネストたちは、まったく動じた様子がない。これが、踏んだ場数の差というものだろうか。

クレイグはしばし考えた後、おもむろに口を開いた。

「水大蛇殿。そちらのお申し出は大変ありがたく存じますが、今はお気持ちだけ受け取らせていただきます。この離宮周辺だけならばともかく、王宮の中心部に大量の蛇が出現しては、あなたの眷《けん》属《ぞく》が駆除対象とされてしまいかねません」

それに、とクレイグが朗《ほが》らかに笑って言う。

「この監視魔導具も、使いようによってはなかなか面白いことができると思うのですよ。魔力探知に優れた魔導士に回収させて、音痴《おんち》――いえ、音感の不自由な者が歌う歌や、中年男のいびきや歯ぎしりを、エンドレスで聞かせ続けてみようと思います。そうすれば、あの無駄に美意識の高い魔導士に、少しはダメージを与えられるのではないでしょうか」

世の中の女性がうっとり見とれそうな笑顔で、えげつないことを言い出した。

ジェファーソンは、指先で顎《あご》の辺りに触れながらクレイグに提案する。

「家畜の糞《ふん》の集積所や、養蚕場《ようさんじょう》で飼われてる芋虫たちの映像を、延々と見せ続けるってのはどうだ？」

「あぁ、それはいいですね。ジェファーソン殿。ぜひ、そちらも試してみようと思います」

にこにこと楽しげに話し合うエルネストの部下たちが、ちょっと怖い。

（いや……うん。おふたりが、仲よくなるのはいいことだよね。でもわたしなら、監視魔導具の前に若くて可愛い女の子たちをたくさん集めて、思いっきりイーズレイルの悪口を言ってもらうくらいにしておくかなぁ）

あの魔導士は、初恋未経験なのを少し気にしているようだった。

お年頃の麗《うるわ》しい乙女たちによる『いい年をした変態魔導士の、永遠の少年ぶってる痛々しいところとか、ホント無理ー』なんて悪口は、結構効きそうな気がする。

そんなことを考えていると、ジェファーソンが険《けわ》しい表情でエルネストを見た。

「ところで、殿下。イーズレイルの野郎が言っていた腕輪ってのは、なんなんだ？」

エルネストはその問いに答える代わりに、クレイグを見る。

主《あるじ》に説明を丸投げされたクレイグは、手短にイーズレイルの腕輪について語った。そして、最後に忠告をする。

「ジェファーソン殿。念のため申し上げておきますが、この件は一切他言無用でお願いいたします」

「……言われなくても、わかってる」

剣呑《けんのん》に目を光らせたジェファーソンが、ちっと舌打ちする。

「つくづく、面倒くせぇ野郎だ。——殿下。俺はひとまず、部隊の連中に状況を説明してくる。なんかあったら、呼んでくれ」

「何を言ってる？　ジェファーソン。今のオレに、おまえたちの指揮権はねぇ」

淡々と返された答えに、ジェファーソンは苦笑した。

「そうだったな。……じゃあ、そっちの家令サンに頼むわ。俺たち平民部隊の中に、殿下に命の借りのないやつはいねぇ。いつでも、好きなように使ってくれや」

「了解いたしました。私のことは、クレイグとお呼びください」

わかったと片手を上げて応じたあと、ジェファーソンはデルフィーナを見る。

「お嬢ちゃん。殿下を、頼むな」

「はい。えぇと……ジェファーソンさんも、がんばってください」

たぶん、平民部隊の者たちがエルネストの信頼を得られるようになるのは、決して簡単なことではない。そばにいた時間が長いぶん、拗《こじ》れてしまっているものもあるだろう。

それをどうにかするのは、幼かったエルネストを遠ざけ続けた、ジェファーソンたちの仕事だ。

「おうよ。じゃあ、またな」

そう言って、ジェファーソンはあっさり去っていく。その後ろ姿を見ながら、ジュールは曇《くも》った表情で口を開く。

「あの御仁《ごじん》は、どうやら蛇が苦手のようね。少しもこちらに目を向けなかったもの。こんなに眷属《けんぞく》を呼び寄せてしまって、悪いことをしたかしら」

(おぉ！　全然カタギに見えないジェファーソンさんの、意外な弱点!?)

デルフィーナはジェファーソンに親近感を抱《いだ》きかけたが、エルネストがジュールの推測を即座に否定する。

「いや。あいつは別に、蛇が苦手なわけじゃねぇ。単に、おまえみたいな話し方をする男を、生理的に受けつけねぇってだけだ」

「……私の話し方、どこかおかしいかしら？」

こてんと小首をかしげたジュールに、エルネストが真顔で言う。

「別に、おかしくはねぇな。ただ、オレたちの社会では、女の話し言葉に聞こえるだけだ」

まぁ、とジュールが軽く目を瞠《みは》る。

「そんなことで？　人間のオスにしては立派な体をしていたけれど、ずいぶん肝《きも》っ玉《たま》が小さいのね」

あきれたように言って、水大蛇の青年は自分の体にまとわりついている蛇たちを見下ろした。

何かを指示したようには見えなかったが、蛇たちがするすると地面に滑《すべ》り下り、三々五々に散っていく。

大変スッキリした彼の姿に、デルフィーナは密かにほっとした。蛇団子状態だったジュールとひとつのテーブルを囲むのは、さすがにちょっと遠慮したい。

この辺りに散っていたイーズレイルの監視魔導具は、蛇たちが潰してくれたそうだが、念のため一同はガリナ離宮の中に移動した。

先日まで、廃墟《はいきょ》と見まごうばかりだった室内は、上質な家具や壁紙、カーテンなどで、すっかり様変わりしている。

エルネストとデルフィーナは二人掛けのソファに並んで腰かけ、その向かいにジュールが座った。

クレイグは、三人の前に香り高い紅茶を置くと、エルネストに向かって口を開く。

「それでは、殿下。私は先ほどのイーズレイルの襲撃及び監視魔導具の件を、諜報《ちょうほう》部へ報告に行って参ります」

「あぁ、頼む」

クレイグが離宮から出て行くと、優雅な仕草でティーカップを持ち上げたジュールが、柔らかな微笑を浮かべる。

「王子さまは、白天狼の女王の契約者だったのね。彼女の領域に、私みたいなよそ者を入れて大丈夫なのかしら？」

（じょ、女王さま？）

どうやら、ウルシュラは白天狼の女王と呼ばれる存在だったらしい。少し驚いたけれど、一瞬だけ見た彼女の本来の姿を思えば、ものすごく納得できる。

「ここは、オレの住処《すみか》だ。気にするな。それより、さっきの話の続きだが——おまえに、デルフィーナの家族の守護を頼みたい」

エルネストの思いがけない申し出に、デルフィーナは目を丸くした。

彼は、ジュールを見つめたまま静かに続ける。

「おまえの言う通り、デルフィーナはこの世界で唯一、ドラゴンの力を持つ人間だ。イーズレイルじゃなくても、今後どこの誰に狙われるかわかったもんじゃねぇ」

「……なるほど。家族を人質に取られたら、何もできなくなってしまうものね。いいわ、任せてちょうだい」

あまりにもとんとん拍子に話を進められて、デルフィーナは焦った。

「あの！　いいんですか？　その、そんな簡単に引き受けてもらっちゃって……」

彼女にとっては、ありがたいばかりのお話だ。しかし、力任せにぶん殴っただけの相手に、そこまでしてもらうのは気が引ける。

申し訳なく思う彼女に、ジュールはおっとりと笑って言う。

「もちろんよ。あなたにイーズレイルの魔導から解放してもらえなければ、私は今頃きっと殺されていたのだもの。人間の寿命は、長くてもせいぜい百年くらいでしょう？　それくらいの時間をあなたの家族の守護に費やしたところで、まったく問題はないわ」

「そ……そうなんですか」

まさかの百年守護宣言に、デルフィーナは口ごもる。

「えぇ。それで？　あなたの家族は、どこに住んでいるのかしら」

「はい。王都から東に山をひとつ越えた先にある、ロラという小さな村です。集落から少し北に外れた山の中腹に一軒だけある二階建ての建物が、わたしの家です。そこに、両親のアーノルドとクレア、兄のデリックが住んでいます」

そう、とジュールがうなずく。

「あなたの家族は、私の名にかけて必ず守るわ。イーズレイルの魔力の波長も覚えたことだし、二度とあんな魔導に操《あやつ》られたりしないから、安心してちょうだい」

「あ……ありがとうございます」

大変心強い宣言に、デルフィーナはほっとすると同時に、小さな不安を覚える。

（お兄ちゃんは昔から、蛇とかムカデとかにょろにょろしたものが、大の苦手なんだよね。ジュールさまの眷属《けんぞく》とうっかり鉢合わせしたら……まぁ、ちょっと乙女チックな悲鳴を上げるだけだから、

大丈夫か）

兄の野太い声で発せられる『きゃあああー！』という悲鳴は、はっきり言って全然可愛くない。

それは両親の迷惑になるかもしれないが、彼は蛇と接近遭遇した場合、全力で距離を置くだけだ。

ジュールの眷属《けんぞく》が、危害を加えられる心配はないだろう。

デルフィーナが兄の幸運を祈っていると、水大蛇の青年がすっと立ち上がる。

「それじゃあ、私はそろそろ行くけれど……。デルフィーナ、でよかったかしら？」

「あ、はい！　そうです！」

今の今まで、これから家族が世話になる相手に自己紹介もしていなかったことに気づく。

慌ててうなずいた彼女を、ジュールの銀色の瞳がじっと射貫く。

「デルフィーナ。あなたはまだ、ドラゴンの力を持つことの意味を正しく理解していない。それだけの魔力を内包している時点で、あなたの体はすでに人の理《ことわり》から外れている」

静かな口調でそう断じたジュールは、彼女をまっすぐ見つめたまま言う。

「あなたは、普通の人間に戻りたいと言ったわね？」

「は、い……」

穏やかなジュールの声が、なぜかひどく怖かった。

ぎこちなくうなずいたデルフィーナに、魔獣の化身《けしん》は静かに告げる。

「ならば、どんな手段を使っても、その願いを叶えなさい。そうでなければ、いずれあなたは、永遠にも似た孤独を生き続けることになる。人としての生を望むあなたが、その苦しみに耐えられるとは思えないわ」

ドラゴンでもなく、人間でもない——世界でたった一体の、いびつな生き物。

それが、今のデルフィーナだ。

彼女は、震える声で口を開く。

「わたし、は……死なないんです、か？」

「いいえ。どれほど膨大《ぼうだい》な魔力を持っていても、生き物である限り、いつかは必ず死ぬでしょう。けれど、それは百年や二百年先の話ではないわ。魔力が尽きるまでは老いることなく、周りの人間たちが人生を駆け抜けていくのを、ただ見ているだけになるわね」

——世界の底が、突然抜け落ちたような心地がした。

目の前の景色が揺らぎ、あらゆる音が遠ざかる。

ジュールの言う通りだ。

魔獣であるドラゴンは、人間とは比べ物にならない長さの寿命を持っている。ならば、そのドラゴンほぼ一体ぶんの魔力を持つデルフィーナが、彼らに近い寿命を持つ生き物になっていても不思議はない。

それは、彼女だけが家族や周囲の人々たちと、異なる時間を生きていかなければならないということだ。

たったひとりで、大切な人たちが旅立っていくのを見送り続ける——

（……いやだ）

そんなことに、耐えられるはずがない。

想像するだけで、全身が凍えそうになる。怖い。

「――ナ。デルフィーナ！」

「ぁ……エルネスト、さま？」

強い力で体を揺さぶられ、暗闇《くらやみ》に呑み込まれそうになっていた意識を引き戻される。

目の前に、コバルトブルーと黒曜石《こくようせき》色の瞳があった。エルネストが、デルフィーナの顔をのぞき込んでいるのだと知り、ぎこちなく目を瞬《また》かせる。

ほっと息をついた彼は、きつくジュールを睨《にら》みつける。

「水大蛇。あまり、よけいなことを言うな」

「あら。本当のことから目を逸《そ》らしていても、何も解決しないでしょう」

ジュールはまったく悪びれずに言うと、ひとつため息をつく。

「……ねぇ、王子さま。人間が簡単に死んでしまう生き物だということは、わかっているわ。でも、お願い。彼女を残して、さっさと死んだりしないでちょうだいね」

そう言い残し、水大蛇の青年はするりと離宮を出て行った。

エルネストの両手の指が、デルフィーナの肩に食《く》い込む。

少し、痛い。その痛みが、彼女の意識を現実に繋ぎ止めてくれる気がした。

彼のきれいな両目に、再びデルフィーナが映る。

「デルフィーナ。言っただろう。オレは、おまえが元に戻れる方法を探す。地の属の女王を脅《おど》してでも、必ず元の人間に戻してやる」

「でも……あのドラゴンさんにも、できなかったら？」

デルフィーナに卵を食べさせたドラゴン自身も、エルネストの契約魔獣であるウルシュラも、そして水大蛇のジュールも、同じことを言ったのだ。

デルフィーナの心臓から、ドラゴンの魔力を引きはがせるとは思えない、と。

……高い知性を持ち、人間よりも長く生きてきた彼女たちにそう言われたら、ただの田舎《いなか》娘でしかない自分に、一体何ができるだろう。

ずっと、そんな現実から目を背《そむ》けていた。

怖かったから。自分だけが、家族や周囲の人々と違う生き物になってしまったことが、本当に怖くてたまらなくて——

「それでも一緒に、ほかの方法を探してくれますか……？」

縋《すが》る相手が、欲しかった。

ひとりは、いやだ。

デルフィーナは、何があってもひとりで立ち続けられるほど、強くない。

「あぁ。約束する」

まったく躊躇《ちゅうちょ》なく返された返事に、泣きたくなった。

エルネストにとって、デルフィーナは『被害者』だ。『加害者』である彼が、こちらの望みを拒絶できないことは、知っている。

それをわかっていながら、こんなことを言ってしまう自分は、なんて卑怯《ひきょう》な人間なんだろう。

「ごめん、なさい……」

「おまえが謝る必要なんて、ねぇだろう」

肩に食《く》い込んでいたエルネストの指から、力が抜ける。

再びデルフィーナの手に、ぎこちなく触れてきた指先が、温かい。

エルネストが、少し掠《かす》れた声で言う。

「……デルフィーナ。オレは……おまえに会うまで、ちゃんと生きていなかった。イーズレイルが、言った通りだ。国王の命令に従《したが》うだけの、戦う人形。ずっと……そんなふうにしか、生きられなかった」

胸が、痛い。

「でも、おまえが笑ってると、嬉しいんだ。嬉しいって、思えるんだ。オレは……おまえに、優しくしたい。でも、どうすればいいのか、わかんねぇ。おまえは、どうすれば笑ってくれる？」

優しくしたい、なんて――

「エルネストさまは……ずっと、優しかったですよ」

彼がくれた優しさに、今までどれほど救われただろう。

なのに、エルネストはきつく眉根を寄せて否定する。

「そんなはず、ねぇ。オレは、誰かに優しくする方法なんて、習ってねぇんだ」

「……え？」

デルフィーナは、目を瞠《みは》った。

優しくする方法を、習っていない。

それはつまり――今まで彼に、優しさを示してくれた者が、ひとりもいなかったということか。

そう理解した瞬間、胃の底が焼けつくような不快感を覚える。

(よく……本当によく、ここまでまっとうに育ってくださいましたね、エルネストさま……!)

もし今、彼女の目の前に国王や王太子がいたなら、間違いなくぶん殴っていただろう。

ジェファーソンが相手でも、手加減抜きのデコピンくらいはしていたかもしれない。

デルフィーナを押しつぶそうとしていた未来への不安は、エルネストの過去、彼のそばにいた者たちへの憤《いきどお》りによって、景気よく吹っ飛ばされた。

触れ合っていた指先を、ぎゅっと握《にぎ》りしめる。

「大丈夫です、エルネストさま。あなたは、ちゃんと優しいです」

まだ、上手く笑うことはできない。

それでも、伝えたいことがある。

「……すごいと、思います。直接教わったわけじゃないのに、誰かが優しくしているのを見て、自然に覚えていたってことでしょう?」

エルネストが、わずかに目を見開く。

「あなたは、イーズレイルの言っていたような、お人形なんかじゃありません。ちゃんと、人に優しくできる、優しい人です。人に優しくすることを、選べる人です」

だから、とデルフィーナは彼に告げる。

「笑ってください、エルネストさま。あなたが笑ってくれたら、きっとわたしも笑えます」

人に優しくするときの基本は、やっぱり笑顔だと思う。

しかし、エルネストはどんよりと肩を落としてうなだれた。

「……難度が、高すぎる」

「そっ、そんなことはないですよ!? エルネストさま、さっきはものすごく可愛く笑ってました！」

あのときの無防備な笑顔ときたら、半ば本気で『年上の男性と、養子縁組ってできるのかな』と考えてしまったくらいだ。

思わず力説したデルフィーナに、エルネストが不満げに言う。

「オレは、可愛くねぇ」

「う……すみません」

たしかに、成人男性にとっては、いくらそれが事実でも、『可愛い』は嬉しい誉め言葉ではないかもしれない。

今後は、どれほどエルネストが可愛く笑ってくれても、ひとりで悶《もだ》えるだけにしておこう。

……ものすごく、挙動不審になりそうだ。

そんなことを考えていると、エルネストが小さくため息をつく。

「笑う……努力は、してみる」

「……！　はい！」

笑うというのは、努力してするものではない気もするが、彼のやる気を削《そ》ぐこともないだろう。

ちなみに、デルフィーナの表情筋は、美味《おい》しいものを前にしただけでゆるゆるになる。

この柔軟さを、少し分けてあげたいところだ。

頬のマッサージなんてどうだろう、と思っていると、エルネストがいつも通りの口調で言った。

「デルフィーナ。イーズレイルの野郎をぶちのめして牢《ろう》に入れたら、まずはおまえに卵を食わせたドラゴンを探しにいく。不器用だかなんだか知らねぇが、たぶんそのドラゴンに頼むのが、おまえが元に戻れる可能性が一番高い」

突然、具体的な将来の道筋を示されて、背筋を伸ばす。

「はい。わたしも、そう思います」

「もし無理だったとしても、ドラゴンの知識の中に、何か手がかりになるモンがあるかもしれねぇ」

簡単にあきらめるつもりなど、まったくない。

そう断じて、エルネストは続ける。

「いざとなったら、ウルシュラにも手伝わせる。あいつは、ああ見えて白天狼の族長だからな。長生きしてるぶん、魔獣の知り合いも多い。片っ端から当たっていきゃあ、どっかに物知りな年寄りもいるだろう」

デルフィーナは、目を丸くした。なんという心強いお言葉だろうか。

感涙して礼を言おうとしたとき、エルネストがふと目を伏せた。

「……そうだな。そこまでやってもどうにもならなかったら、オレがドラゴンの心臓を食えばいいか」

「…………………ハイ？」

なんだか今、ものすごく物騒な発言を聞いた気がする。

冷や汗が背筋を伝うのを感じていると、彼はいいことを思いついたというようにうなずいた。

「よし。そうすれば、オレもおまえと似たような生き物になるんだろうしな。悪くねぇ」

「えええぇえ、エルネストさまー!?　『よし』、じゃないです！　なんでいきなりそんな、バイオレンスな方向に走ろうとなさってるんですか!?」

デルフィーナは、思い切り声をひっくり返した。

エルネストが、真顔で応じる。

「仕方ねぇだろう。ドラゴンの卵なんて、そう滅多《めった》に転《ころ》がってるもんじゃねぇんだから。おまえと同じだけのドラゴンの魔力を取り込もうと思ったら、核である心臓を食うしかねぇ」

「いやいやいや、そういう問題じゃありません！　なんでエルネストさままで、人間やめなくちゃならないんです!?　もっと、ご自分のことを大事にしてください！」

悲鳴じみた彼女の問いかけに、エルネストはあっさり答えた。

「おまえが普通の人間に戻れるなら、それでいい。ただオレは、おまえがひとりで泣いているのはいやなんだ。おまえと似たような生き物になれば、ずっとそばにいることくらいはできるだろ」

――本気だ。彼は、本気で言っている。

デルフィーナは、気が遠くなりかけた。

たしかに、これからひとりで長すぎる時間を過ごすのはいやだ。耐えられるはずがないと思う。だからといって、エルネストまで同じ道に引きずり込みたいなんて、望むわけがない。そんなことになったなら、罪悪感で軽く死ねる。

(それでわたしが死んじゃったら、エルネストさまをひとりで置いていくことになるわけで……。というか、ドラゴンさんの心臓を食べたら、その食べられたドラゴンさんが死んじゃうから!)

無意味ではた迷惑なだけの殺生などという大罪を、エルネストに背負わせるわけにはいかない。

デルフィーナは、彼の手をしっかりと握《にぎ》りなおした。

「エルネストさま。わたしは、絶対あきらめません。どんなことをしてでも、元に戻る方法を探してみせます!」

「そうか。わかった」

あっさりと応じた彼の素直さが、なんだか怖い。

『ハツコイって、なんだ?』発言のときから薄々感じていたが、彼の心の成長はひどくアンバランスだ。

傷つくことに慣れきった悲しい諦念《ていねん》と、子どもじみた他を顧《かえり》みないまっすぐさ。普通の人が同時に持つことのないそのふたつを、絶妙なバランスで抱《いだ》いている。

デルフィーナのために、ドラゴンを害することをためらわない彼は、何かのきっかけで簡単に足を踏み外してしまいかねない。

下手をすれば、イーズレイル以上の迷惑案件である。

そんな悲劇を回避するためにも、『たとえどんな事情があったとしても、誰かを殺すのはいけないことです』という、人として基本のキは、ぜひとも学んでいただきたいところだ。

（よ……よし。こうなったらご恩返しの一環として、エルネストさまが二度とこんなおかしなことを言い出さなくなるよう、なんとかがんばってみよう）

すでに人格が完成している彼に、デルフィーナができることなど、たかが知れているだろう。

それでも、現状を知った上で何もしないというのは、当事者であるだけにいたたまれない。

いずれにせよ、彼女が元の体に戻れれば、エルネストがドラゴン殺しに乗り出す危険はなくなるのだ。

ドラゴンの卵を食べた彼女は、心から思う。

（早く、普通の人間に戻りたい……）

できれば、デルフィーナの胃に穴が空《あ》く前に、この願いが叶ってほしいものである。

RC
Regina
COMICS
大好評発売中!!
おとぎ話は終わらない 1
アルファポリスWebサイトにて
好評連載中!
Tohno
原作 灯乃
Haru Onodera
漫画 小野寺晴
待望のコミカライズ!
とある皇国の田舎町で育った少女・ヴィクトリア。母を亡くして天《てん》涯《がい》孤《こ》独《どく》になった彼女は、仕事を求めて皇都にやってきた。そこで、学費も生活費もタダな魔術学校“楽園”の話を耳にし、入学を決意する。だけどその学校は、どうやら男子生徒しかいないようで——!?
原作 灯乃
漫画 小野寺晴
おとぎ話は終わらない 1
学費タダ・3食・おこづかい付につられて
男子しかいない
魔術学校に入学!?
貧乏少女のドキドキファンタジーコミカライズ!
アルファポリス 漫画
検索
B6判/定価:本体680円+税
ISBN:978-4-434-23964-9

RC
Regina COMICS
大好評
発売中!!
異世界でカフェを
開店しました。
1~6
原作
甘沢林檎
Ringo Amasawa
漫画
野口芽衣
Mei Noguchi
アルファポリスWebサイトにて
好評連載中!
甘沢林檎 野口芽衣
異世界でカフェを
開店しました。6
お客様のためにLet'sクッキング!
カフェの新作は
異世界版コーヒー!
シリーズ累計62万部突破! 大人気異世界クッキングファンタジー!
異世界クッキングファンタジー
待望のコミカライズ!
突然、ごはんのマズ～い異世界にトリップしてしまった理沙。もう耐えられない! と食文化を発展させるべく、カフェを開店。噂はたちまち広まり、カフェは大評判に。精霊のバジルちゃんや素敵な人達に囲まれて異世界ライフを満喫します!
B6判・各定価:本体680円+税
シリーズ累計62万部突破!
アルファポリス 漫画
検索

この作品に対する皆様のご意見・ご感想をお待ちしております。

おハガキ・お手紙は以下の宛先にお送りください。

【宛先】

〒150-6005 東京都渋谷区恵比寿4-20-3 恵比寿ガーデンプレイスタワー 5F
（株）アルファポリス　書籍感想係

メールフォームでのご意見・ご感想は右のＱＲコードから、
あるいは以下のワードで検索をかけてください。

アルファポリス　書籍の感想　検索

ご感想はこちらから

本書は、「アルファポリス」（http://www.alphapolis.co.jp/）に掲載されていたものを、
改題、改稿、加筆のうえ、書籍化したものです。

竜《りゅう》の卵《たまご》を食《た》べた彼女《かのじょ》は普通《ふつう》の人間《にんげん》に戻《もど》りたい

灯乃（とうの）

2018年 11月 5日初版発行

編集ー見原汐音
編集長ー塙綾子
発行者ー梶本雄介
発行所ー株式会社アルファポリス
〒150-6005 東京都渋谷区恵比寿4-20-3 恵比寿ガーデンプレイスタワー5F
TEL 03-6277-1601（営業） 03-6277-1602（編集）
URL http://www.alphapolis.co.jp/
発売元ー株式会社星雲社
〒112-0005 東京都文京区水道1-3-30
TEL 03-3868-3275
装丁・本文イラストー名尾生博
装丁デザインーAFTERGLOW
（レーベルフォーマットデザイン―ansyyqdesign）
印刷ー中央精版印刷株式会社

価格はカバーに表示されてあります。

落丁乱丁の場合はアルファポリスまでご連絡ください。

送料は小社負担でお取り替えします。


ISBN978-4-434-25271-6 C0093